君にそばにいて欲しい2

井上美珠

この物語はフィクションであり、実在の人物・団体・事件等とは、いっさい関係ありません。

君にそばにいて欲しい
2
【kimini sobani itehoshii】

イラスト・駒城ミチヲ

Contents

君にそばにいて欲しい2
006

あとがき
303

1

外資系一流企業に勤めて三年目。

市木由良《いちきゆら》は就職難と戦い勝ち取った勤務先で、毎日ついていくのに一生懸命。まさか自分がこんなに大きな会社に入れるとは思ってもいなかったから。

配属された場所はさまざまなインテリアを取り扱うデザイン事業部。華やかな先輩や同期に眩《まぶ》しさを感じながら、頭も神経も使い、この仕事は本当に自分に合っているのか自問自答する日々。

そんな毎日だったが、由良には憧れ、恋をする人ができた。遠くから見ているだけでもいい、手の届かない人だと思っていた。

その人は会社の上司、デザイン事業部の部長である、一色青《いっしきあおい》という素敵な人。誰もが望んで落ちない一色部長、と言われるほど端整な顔立ちをし、スタイルもよい魅力的な男性だ。

送別会で、異動する上司にセクハラをされ、傷ついた夜に彼にすがって泣いた。自ら抱き締めて欲しいと言い、彼と一夜をともにしたのが付き合うきっかけだった。

自分から迫って抱いてもらったと思っていたけれど、一色もまた由良と同じ気持ちだということを知り、正式に恋人関係になった。

時には仕事で厳しくされながら導かれたり、また時には甘く優しい恋人になる彼に、惹《ひ》かれる気持ちは強くなる一方。どうしてこんなに大切にしてくれるのかと思うほど、一色は由良を愛してくれる。

いったいどこまで好きになるのか。そして、会社で秘密の恋愛がきちんとできるのか。

彼はバレてもいいと言うけれど、もう少し秘密にしていたい気持ちもあって。

とにもかくにも、一色青という男性をどうしようもなく好きだと思う毎日が、いつまでも続けばいい。

彼の笑顔を見て、腕の中で目覚める日がなくならなければいい。

初めての両想い、大好きな人との恋愛に、終わりがないことを願っていた。

☆

意識がゆっくりと覚醒してくる中、心地のいい温かさに頬を寄せる。すると、いつまでも良い匂いがして由良は深く息を吸う。

少し力を込めて抱き寄せられるのがわかり、ゆっくりと目を開ける。

目の前には人の肌。綺麗なラインをした首筋に指を伸ばし、そっと触れる。頭上から微《かす》かに笑ったような声が聞こえ、見上げれば彼が由良を見つめていた。

「おはよう」

「おはよう、ございます」

由良が微笑《ほほえ》むと、彼はゆっくりと唇を合わせるだけのキスをする。まどろみの中、彼に身を任せて目を閉じた。数秒が数分にも思えるほど、甘やかな気分になり、小さく水音を立て唇が離れていっても、目蓋《まぶた》をすぐに開けられなかった。

余韻を感じながらそっと目蓋を上げると、彼、一色は頬を大きな手で包み、親指で撫《な》でる。

「君は、いつもそんな顔をして……僕を誘ってますね、由良」

そんな顔を、と言われてもよくわからない。首を傾《かし》げると、頬に触れていた手が首筋をたどり、鎖骨を通り、乳房にいきついた。

そこはささやかな膨らみの、由良の一番柔らかい場所。揉《も》み上げるほどないけれど、彼の温かい手は優しく上へと持ち上げ、その先端をキュッと摘まむ。

「あっ！」

両手で胸を撫でるようにされると、由良の鼓動は速くなり、朝だというのにもうすでに抱かれる準備を始めようとしてしまう。

「一色、さん……朝、ですから」

「朝だから？」

一色は由良の頬に自分の頬を軽くすり寄せる。それだけでも熱い息を吐き、快感がじわじわと湧き上がる。

「朝は、一色さんとゆっくり……テーブル、で……っん！」

彼の唇がゆったりとした動作で、胸を先端から食べるように口の中に迎え入れる。チュ、と音を立てて吸ったあと、顔を上げて微笑んだ。

端整な顔が優しく笑みを浮かべると、魅力的になるばかりか、色気も増す。

「朝は僕と、テーブルで、朝食を食べる？　それともベッドで昨日の続きをする？」

彼の手はまだ由良の胸の上だった。ゆっくりと優しく揉みながら、これからの時間の提案をされる。

このまま何も言わないままだったら、きっと昨夜の続きをするだろう。それもいいと思えるほど、一色と抱き合う時間は心地よく、由良は我を忘れてしまう。

「私は……一色さんと一緒にご飯食べたいです」

我を忘れる時間を過ごすのもいいかもしれないが、今は朝で、明るい。由良は明るい場所で身体を見られるのが、まだ恥ずかしい。

「僕と一緒にご飯？」

彼の言葉に由良が何度もうなずくと、一色は由良の唇に食《は》むようなキスをする。

「何が食べたい？」

「……よかったら私が……冷蔵庫の中のもので作ります」

「最近買い物していないから、冷蔵庫は空っぽなんです」

一色は由良に何も作らせてくれない。というか、彼の方が手際がいいし、料理が上手だ。いつも泊まるのは彼の家で、いつの間にか食事ができていることが多い。

女としてどうかと思うほど、器用な彼に胃袋を掴《つか》まれている。

「空っぽと言いながら、一色さんはいつもご飯作っていますよ？」

「本当に何もないよ？　僕は昨日まで、アメリカに出張でしたからね」

にこりと笑った彼は、由良から離れ、身体を起こす。そしてサイドチェストに置いてある眼鏡をかけ、ベッドを下りた。

一色は全裸だった。由良はその後ろ姿に、一つ瞬《まばた》きをしてじっと見惚《みと》れてしまう。相変わらず引き締まったスタイルのいい身体。高い位置にある腰から臀部《でんぶ》のラインも、綺麗に整っていて、まるでモデルのよう。

あまり見てはいけない、とベッドの布団を引き寄せながら起き上がる。

下着とスウェットを身に着けた彼は、ベッドの端にかかっていた由良のシャツを取った。それを肩にかけ、袖を通させる。

「じ、自分でできます。いつも、こう、手伝ってもらうと、なんだか……何もできないように見えてしまいます」

「そうだろうけど……言ったでしょう？　君はなんだか甘やかしたくなるんです」

ボタンを留め、由良の太腿《ふともも》に触れたあと、枕元に置いたままだったショーツを足に通した。

これくらい自分で、と言いたいのに一色にショーツを穿《は》かせてもらう過程がなんだかエッチな感じがして。

両足をすり合わせそうになり、どうにか耐える。変なところで感じてしまう自分は、彼によって身体を作り変えられてしまったのだろうか。

「冷蔵庫を見てみる。大したものはないと思うけどね」

由良の髪に手を入れ、さらりと指を通して胸元に抱き寄せたあと、近くにあった自身のシャツをさっと羽織《はお》りながら部屋を出て行く。その後ろ姿、肩甲骨が動く様にも、由良はドキドキしてしまっていた。

「……こんなことで感じて、なんなの、私」

熱くなった顔を両手で覆う。

彼が大人すぎて、由良が経験なさすぎて、何にでも快感を得ているみたいだった。

それは彼が、大好きでずっと憧れていた上司の一色だからだ。

どうして私なんだろう、という思いはまだ消えない。でもそのうち消えたら、と思う。

ベッドから下りたところで、一色がもう一度寝室にやってくる。

「簡単な和食だったら何とかなりそう。君の要望通り、ゆっくりテーブルで朝食を食べましょうか」

にこりと微笑んだ彼は、やっぱり由良に何もさせない。料理を作るのが好きなんだろうけれど。

「私にも、今度は食事、作らせてくださいね」

料理が全くできないわけではないので、そう思われると困る。由良が慌てて言うと、一色は笑みを崩さないままうなずいた。

「もちろん。君の作った料理も食べてみたいからね」

「絶対ですよ？」

「わかった。絶対ですね」

クスッと笑って彼は手を差し出した。その手を取って由良はリビングに行く。

もうすでに食事の良い匂いが漂っているのを感じて、なんという手際の良さ、といつもながら感心してしまうのだった。

☆

週末、一色と一緒に過ごし、週明けはもちろん仕事だ。彼の家には由良の服は置いていないから、日曜日の夜、彼に家まで送ってもらった。

上がってお茶でも、と言ったが彼は遠慮した。

『そんなことをしたら、また君を抱きそうです。出張で二週間離れていたから、まだ抱き足りない』

一色はほんの少し困った顔をした。まだ抱き足りない、というセリフを由良の耳元で囁《ささや》きながら抱き締め、耳を優しく食んだ。

それからたっぷりと情熱的なキスをし、由良を立てないほど骨抜きにしたあと、颯爽《さっそう》と帰っていった。

アメリカ本社に出張し、二週間会えなくて由良はとても会いたかったが、彼も同じ気持ちだったようだ。夕食を食べ終わるまで我慢していた彼は、すぐに由良を抱き、何度も高みへと連れていった。

会社だから思い出すな、と言い聞かせても、濃厚だった時間は由良の身体に強く残っていて、由良はしばしば机に突っ伏してしまう。

「なぁに、由良？　企画書上手くいかないの？」

話しかけてきたのは同期の来栖《くるす》未來《みく》。美人でおしゃれな、自慢の親友だ。彼氏がいないのが悩みというけれど、彼女こそ本気になったら誰だって選べるのではないかと思う。

「ああ、うん、そう……上手くいかなくて」

前髪に手をやりながらそう答えると、未來は肩を落とした。

「前回よりさらにいい企画を考えなきゃだもんね。私もこの前出したんだけど没になっちゃって……自宅でキャンプ気分が味わえるようにキャンプ用品のレンタル企画を提出したけど、コンセプトがぶれてる、って……最終的に一色部長に却下されちゃったよ。そもそも、屋内でもアウトドア感のある遊び心をって、それだけの広さがある家にしか需要がないかもってことで。……都心をターゲットにしてたから、とにかくそこを強く言われたなぁ」

トホホ、と言ってしょぼんとした顔になっても、元が美人だから可愛らしい。

肩を落とした未來に由良は微笑む。

「私も、この前成功した新人デザイナーをメインにすえた企画を出したんだけど、主任から上に通らないの」

由良が眉を下げてため息を吐《っ》くと、うんうん、という風に未來がうなずく。

「お互い、頑張んないとね……でも、その由良の企画、私もまた一緒にしたいから考えるよ？部長も、なんとなくそういう感じのニュアンスで私に言ったしね」

「そうなの？」

「うん。同世代を意識したような感じでやってもいい。世代ごとに感じることは違うから、今の感性を大事にして、この会社に沿った企画を誰かと考えてもいいんじゃないかな、ってね」

未來はそう言って微笑み、由良の耳に唇を近づけコソッと耳打ちする。

「本当は由良の企画、部長は推してるんじゃないかな？　私もいいと思うし、由良のこと、さすが見てるね」

　フフッと声に出して意味深な笑みを浮かべるのを見て、ちょっと顔が熱くなりかけた。どうにかそれを抑えて、唇を尖《とが》らせる。

「仕事中だからそんなこと。だけど、この前と同じようにやりたいし、他のデザイナーさんも起用したいっていうか……」

「そっか……私たちはそれでいいと思うけど、少し目新しいものがないとやっぱりいけないのかな？　あの企画をシリーズ化して定期的にやるだけでもいいと思うんだけど……」

　由良は未來の言うことにうなずきながら、首をひねる。

　会社として目新しいものを、と言ってもデザイナーの作るものは決まっている。前回人気があったデザイナーはもう一度展示会に出品して欲しい。

　そう思うとやっぱり同じ内容でやっていく方がいいと思っていたのに、主任に却下されたり、その上の部長まで行っても戻されてしまう。

　今は主任のすぐ上がおらず、課長のポストが空いているデザイン事業部は、主任の負担が増えている。もちろん、部長である一色もそうだ。会議に出ずっぱりのことだってあるし、出張も多くなったように思えた。

「でも、一色部長って、今は課長がいないぶん忙しさが増してるのに、企画には手を抜かない。

毎日あのクールな表情、ちょっと厳しめのダメ出し……どこまでできる男なのよ」

はぁー、と感嘆のため息を吐く未來。以前は気になっていた時もあったみたいだが、部下との間には一線を引く彼を、今は尊敬する上司として見ている。

もしも未來がライバルだったら、由良は歯が立たないだろうと思う。朗らかで美人で、性格もよくて。他部署の男性社員にも人気だ。

けれど、一色はそんな未來よりも由良がいいと言ってくれる。目が綺麗だと言ってくれたり、可愛いと言ってくれたり。だったらその言葉を信じて、前向きに彼と一緒に過ごしていきたい。

「ゆらっち、部長が呼んでる。例の企画のことかな？」

同期の高崎優馬《たかさきゆうま》が部長のデスクの方向を親指で軽く指し示す。部長と聞いて、心臓が跳ね上がったけれど、小さく息を吐いて心を落ち着けた。

「ダメ出しされてばかりだからかな……」

「どうだろう？　俺たちが考えるより上のことを部長たちは考えているからなぁ……さっき書類の確認してもらった時も、高崎君もそろそろ新しい企画に取り組んでください、って若干釘刺されたよ」

頭を掻《か》きながらそう言った優馬は、腕を組んで考え込む仕草をする。

「そっか……じゃあ、私、部長のところ行ってくる……」

「おう、頑張れな」

手を振る優馬にうなずいて、タブレットを持って背を向ける。

何度か提出している企画書はすべてリテイクで返ってきた。そんなことを繰り返していれば、多少のアドバイス、もしくは注意を受けるだろう。

一色は仕事では決して甘くないので、由良は深呼吸して、パーティションで区切られた部屋の前に立ち、軽くノックする。

「市木です、失礼します」

小さく頭を下げて中に入ると、彼はパソコンから顔を上げ、いつも通りクールな表情で微笑んだ。

「おはよう、市木さん」

「お、おはようございます」

挨拶《あいさつ》忘れた、と由良は慌てて挨拶を返す。顔を上げれば、一色が思いを込めたような目でじっと見つめてくる。それは恋愛モードではなく、仕事モードの表情だった。

「直球で悪いけど、今回の企画書も却下です。これでは企画として弱いと思います」

言うことはやんわりとだが、厳しめだった。直球でと言われてしまうと何と言っていいかわからなくなる。

「また君に任せるつもりでこのまま話を進めていますが……デザイナーの将来を考えて、市木さんは企画を立てていますか？」

すぐに言い返せず、グッと黙り込んでしまった。目を泳がせ、それから言いたいことを整理し口を開いた。

「……すみません。デザイナーの将来、は考えていませんでしたが……前回の展示会と違うものを出品することを考えています。前回好評だったものの別バージョンなど……あとは、まだ他にも気になっているデザイナーがいるので、その方々に声をかけて、作品を作ってもらい、展示したいです。スペースは以前よりやや広く取り、レイアウトも相談しながら……」

「市木さん、それじゃ普通ですよ」

由良がみなまで言う前に、一色が苦笑しながらそう言った。それじゃ普通、と言われても、今すぐにどうすればいいのか思いつかない。

「彼らの将来を考えてください。芸術的な価値のあるものを作りたいというわけではないでしょう？　実用的で存在感のある、独自の家具を作る作家として将来活躍したいのでは？」

「そう、ですね」

「デザイナーは前回よりも少なくしてください。中でも人気のあるデザイナーをピックアップし、さまざまな部屋という空間を作ってみたらどうかな？」

一色の提案は、確かに由良のものより上をいくものだった。複数の部屋を作るということは、それだけ必要な家具が多いということだ。収納が多い部屋、機能的な部屋、ゆったりできる部屋など、コンセプトによっては多くのデザインと提案ができるだろう。

「内装のデザイン、レンタル、販売……デザイン事業部の仕事は、デザイナーの可能性を見出すには十分ですよね？　ただむやみに、作品の種類を増やして展示即売というよりも、空間を作ってみて、消費者が納得して購入するような形にもっていってもいいと思います。新居を構える人にとっては、こんな部屋でくつろぎたいと購入意欲も増すでしょう。また、家具の配置などの提案をしながら、買い替えはもちろん、新たな家具を増やしたい、という気持ちを促せると思うのですが……どうですか？　市木さん」

「……はい、その通りです」

的確なアドバイスというか提案に、由良は何も言えなくなってしまう。確かにただ人気のあった商品を展示するだけでもいいかもしれないが、それでは購買意欲を促すにも限界がある。こちらから部屋という空間を提示することで、デザイナーにも消費者にも新たな興味が芽生えてくるはずだ。それがきっと売り上げに繋がるはず。

「デザイン事業部としては展示会をやるのなら、それなりに結果を出さなければなりません。新たなデザイナーを起用したいのはもっともですが、まずは売り上げを意識したいところ。展示会は年に四回、商品の制作を依頼されることも大いにある。その時は、市木さんがコンセプトに合ったデザイナーを選定し、社内で検討して、仕事を頼むことだってできます」

由良はタブレットを少し強く持って、ただうなずくことしかできない。

「そう、ですね」

「じゃあ、この話をまとめるのは、市木さんに任せていいですか？」

由良は大きく息を吸い込んだ。そして浅く息を吐き、うつむきながら返事をする。

「は、はい」

由良が答えると、一色はうなずいてパソコンを操作する。すると、由良のタブレットの音が鳴り、メールが届いた。

タップすると、先ほど一色が言った内容が簡潔にまとめてあった。部分的にだが、参考にできるものだった。

「要点だけ書いてあるので、きちんと書類にして僕にメールで送ってください。主任は通さなくてかまいません。ちなみに、前回の企画の継続のような感じなので、同期の三人で頑張ってください」

一色は手際がいい。いつもこんな調子で、仕事が出来すぎてついていくのが大変、という社員だっている。由良もその一人。

由良の企画書は却下されて、彼の提案通りに企画書を作るだけになってしまった。こんなことではいけないと思うが、今回は一色の言うことがもっともすぎて何も言えない。

「私の企画書、ダメなところが多くて……これからも、もっと熟慮しますので」

由良が軽く頭を下げると、一色は席を立った。由良のそばまで近づき、軽く髪の毛に触れた。

「畳みかけるように言ってしまって、申し訳ない。君の企画は悪くないです。奇をてらっているわけではない、素直な君の気持ちがよくわかる企画書でした。ただ悪いけど、上司としては会社の利益を優先して考えてしまいます。個人的には、企画を通してあげたい気持ちが大いにあった。チャンスを待っている人はたくさんいます。その中でも、君はきちんと実績もデザイン力もある人を選んでいましたからね」

　顔を上げた由良に、一色はにこりと微笑む。

　一色の上司としての気持ちと、個人の感情は別。それは当たり前のことだ。ただ、企画書が悪くなかったことだけは、ホッとした。

「悪くなかったのなら、良かったです。ただ、もう少し、デザイナーの未来を考えるという方向に考えを持っていきます。アドバイス、ありがとうございました」

　由良はもう一度頭を下げる。

「まゆごもり……ラタンを編み込んだ隠れ家みたいな空間ができるあれは、なんだか優しい感じがした。カップル向けかな？」

　カップル向け、という言葉に反応し、由良はうつむいて顔を赤くする。

　広い家にしか置けないかもしれないけれど、ラタンで編んだ繭《まゆ》の形をしたソファーベッドのようなもの。中に入るとほんのり暗いが、自然の陽光が編み目から入り、中に敷いてある布団のようなフワフワのクッションが気持ちよくて、そのまま蕩《とろ》けてしまいそうになる。

　ゆったりと過ごしたい人や、日々の仕事で疲れてリラックスしたい人には最適だと思うし、恋人や夫婦のラブチェアとしてもぴったりだ。

心の中でそう思っていると、彼が近づき、長身を屈《かが》める。

一色が纏《まと》っているフレグランスがふわっと香り立ち、由良の心臓を高鳴らせた。

「ウチには置けますよ」

そっと耳打ちされ、由良は真っ赤になってタブレットで顔を半分隠す。

「急に、上司から恋人に……ならないでください」

由良がそう言うと、頬を大きな手で軽く撫でられた。息を詰めてしまったのは、それだけでなんだか声が出そうだったから。一色は困ったような表情をしたあと、眼鏡を押し上げ、すぐに上司の顔になった。

「では、よろしくお願いします、市木さん。戻っていいですよ」

仕事上で浮かべる笑みを向けられ、由良は返事をする。

「はい。できるだけ早く、企画書を提出します」

「期待して待っています」

彼はそう言って由良に背を向けデスクに戻っていく。彼が椅子に座る前に、軽く頭を下げて由良もまた自分のデスクへと戻った。

椅子に座ってタブレットを置くと、ため息を吐いてしまう。

畳みかけるように言って申し訳ない、と彼は言ったが、一色の言うことには説得力があった。

たくさんのデザイナーに声をかけてもいいけれど、一回だけのチャンスでは報われないだろう。

そういったことも考慮して練らなければいけないことを、一色はわかって欲しいのかもしれない。企画の内容は彼が考えたが、それを企画書に起こすのは由良。

あれだけ完璧に内容を言われておいて、リテイクされてしまったら申し訳ない。

「由良、どうだった？」

呼び出しから戻ったのを見て、すぐ未來が声をかけてくれる。こういうところ好きだな、と思いながら彼女に笑みを向ける。

「企画のダメ出しと、提案をされた。この前の続きだからリーダーは私みたい」

「それはそうよ。もともと由良が発掘したデザイナーさんたちを起用した、その企画の続きなんだから。で？　どうだった？　提案って？」

由良は先ほど一色に送ってもらったばかりのメールを未來に見せた。そうすると、ぽかん、と口を開けて大きくため息。

「確かにあの企画の続きだけど、コンセプトがかなり違う。目に留まるような空間づくりを意識する。デザインを重視しすぎないように……なんか、ある意味難しい。デザイナーの選定から始めるんだよね？」

由良はうなずき、そうなの、と言った。

「だから、私だけでは決めきれないし、三人でやっていいって言われたから、また一緒にお願いできる？　たくさん相談もするし、手伝ってもらうと思うけど……」

未來は満面の笑みで、もちろん、と返事をした。

「全然いいよ！　また三人でやれるなんて楽しみ。優馬もきっとそう言うに決まってるよ」

彼女は由良の両手のひらを自分の方に向け、その手にハイタッチする。

「頑張ろ！」

未來のこの明るさが大好きだ。彼女がいるから、何とかやってこれた感もあり、いつも頼りにし、尊敬さえしている。

「うん、頑張る！」

同じように笑みを向けると、優馬がやってきた。

「なんだよ、なんかいいことでもあったか？　企画通ったのか、ゆらっち」

「通らなかったけど、また三人でやって欲しいって言われたから、未來とハイタッチしてた」

「そっか！　じゃあ、またやるか！」

そうして三人でハイタッチ。

だが、それを見ていた先輩から、仕事中だぞ、と注意され三人で肩をすくめた。

もう少し、この部署にいていいかなと思い始めている自分がいる。ずっとついていけないと思っていたけれど、この前の企画が成功してから、その思いがより強くなっていた。

この部署に自分は合っていないという気持ちはある。けれど、仕事が楽しいと思っていることも事実だった。

一色と付き合うようになってから、すごく良い方向に向かって進んでいる気がする。彼の言葉もすんなり心に響き、染み渡る。

由良は一色からのメールを見直し、早速企画書に取りかかった。

2

翌日、由良は未來と優馬と三人で、社内の一室で話し合っていた。ようやく方向性が決まり、明日中には企画書を提出できるまで話がまとまったところで、優馬が口を開く。

「しかし、なんで今回は一色部長直々に、細かく企画内容を提案してきたのかな？　珍しくない？　そんな急ぐ必要もないと思うんだけど……なんか上から言われたのかな？」

優馬はさらに、いつもと違うよな、と言って首をひねる。

確かに一色が部下に直接企画を提案するのは珍しい。特別に進めて欲しいものがあったり、急な仕事で依頼者側からこうして欲しい、という要望がある場合は別だが。

展示会の会場は、有名なメーカーや知名度の高い輸入家具、レンタル家具の展示などが主だ。なので、国内のマイナーデザイナーの作品を展示する場所はほんの少しのスペースであり、品物自体も少ない。

「それ、私気づかなかった……」

由良がほんの少し眉を寄せながら言うと、ほんとね、と未來も首を傾げる。

「でも、部長の上って、支社長か副社長じゃない？　もしくは、そのもっと上の本社？」

「気づかなかった上に、何も聞いてない……私の企画って、そんな注目を浴びるほどのものとは思えないけど？」

　優馬と未來は顔を見合わせる。

「そうでもないと思うんだけど……でも、この前の展示会って客足多くて、私たちが企画したスペースにも結構来てたよね？　ウチの会社ってブランドのバラエティ多いのも売りで、それを目当てに来る人が大半なんだけど……もしかして、部長が表に出て営業かけた結果？　何かが起きた、とか？」

　由良は未來の言うことに瞬きをして、ほんの少し目を見開く。

「そんなに営業かけてたの？」

　展示会の前は誰もが忙しくなる。もちろん、部署のトップである部長自ら営業をかけるのはよくあることだが、詳しい話は聞いていなかった。

「ああ、由良は森本《もりもと》さんとデザイナーの打ち合わせで忙しくしてたし、ほら、熱心にデザイナーさんの話を聞いてたじゃない？　それ見てて、私と優馬、絶対成功させたいな、って……部長もたまたまその場面見てた時に、言ったわけよ。そうしたら、もっと営業かけてみましょうか、って言って実際そうしたみたいで。私もあとから、森本さんに聞いたんだけどね」

　未來は、すごいよね、とさらに尊敬の念を深めたように言った。

森本というのは、一色の同期でアメリカ本社に勤務している、森本芽衣子《めいこ》という女性社員。美人で優秀で、由良は彼女の仕事の手際よさに、どっちがリーダーなのかと思うくらいだった。

実際、綺麗で仕事ができる彼女に本心を言ったところ、彼女は優しく、ただ由良の企画を成功させたいから、と微笑んだ。

朗らかで、由良はかなわないと思った。一色に、自分にはないものばかりだと心の内を吐露した時、彼はきっぱりと言ってくれた。

『彼女にないものを君は持ってる。森本と比べることはない。君は君でいいんです』

その言葉が心に響き、嬉しかったのを覚えている。

彼の言うことを胸に、できるだけ彼女についていこうと頑張った。だからそんなやり取りがあったなんて、思いもしなかった。

そうそう、と優馬も腕を組みながら口を開く。

「どこまで営業できたかはよく知らないけど、先輩たちが唸るほど宣伝とかにお金をかけたみたいだよ？　おかげで先輩たちが準備した非売品も売ってくれっていう勢いだったみたい。売り物じゃない展示品は、取り寄せ多数だったってさ。やっぱ、一色部長、すごいよなぁ」

「……非売品って、これから会社で取り扱うかもしれない商品だったり、他の会社がお願いして展示会に置いてもらってるような商品、よね？」

とにかく由良は自分のことだけに一生懸命で、そんなことが起きているとは知らなかった。

由良が選んだデザイナーの売り上げが良くて、ホッとしていたくらいだ。

「そういうこと。うちの部署は評価上がったみたいだぜ？　新人デザイナーの新規開拓だけじゃなく、取り扱いできるブランドも増やして、集客も上々。俺たち三人、一番下の部下の企画を成功させようとした結果、より良い方向に向かって一石二鳥。さすがとしか言いようがない」

うんうん、とうなずきながら話す優馬に、由良はただ、そうなんだ、と言うしかなかった。

一色は、そんなことも見越した上で、自ら動いたのだろうか。由良の企画の成功も考えつつ、会社の利益、発展も視野に入れていたと見て取れる。

由良はもう少し視野を広げないといけないと思った。目の前のことに一生懸命で、周りからどれだけ助けられているか、よくわかっていなかったからだ。

「やっべ、こんな時間！　俺、先輩と打ち合わせだった！　新築マンションのコーディネーターとちょっと折り合いつかなくて。書類まとめて、外出るから！　ごめん、ゆらっち、企画書のまとめ、任せていい？」

「もちろん、元は私の企画だし。未來もいるから」

「サンキュ！　じゃあ、よろしく！」

慌ただしく出て行く背を見送って、由良は一つため息を吐いた。

「どうしたの？　由良」

「……あ、なんか、私あまり周りが見えてなかったみたいで……これからもっと視野を広げないとなぁ、って」

髪の毛に触れながら笑みを浮かべてそう言うと、未來は首を横に振った。

「そうかもしれないけど、由良は由良のままでいいかな、って……由良は周りが見えないわけじゃないよ。私も、初めての企画が通った時、部長をはじめ、先輩にもたくさん助けてもらった。売り上げはそこまで伸びなかったけど、今後の参考になる企画ってことで、褒めてもらえた」

未來はそこで一度言葉を切って微笑んで、大丈夫、と由良の両手を取った。

「先輩たちも由良の企画楽しみにしてる」

「……ありがとう、未來」

彼女はうなずいて、それに、と由良の両手を少し強く握った。

「由良、良い方向に変わった。すごくいいものを持っているのに、そのいいものをサポートにばっかり使ってた。私もいっぱい助けられた。部長も由良の良いところをわかって、前回も今回も企画リーダーをやらせているんだと思う」

「そうかな……」

「そうだよ！　それに何と言っても、部長、彼氏だし。由良の良いところなんてあげたらきりがないんじゃない？」

ふふっ、と笑った未來の頬が少し赤く染まっていた。

「たまに想像するのよね……あの厳しくも優しい、シビレるくらい仕事ができるカッコイイ人が、彼女の前ではどんなんだろうって……ストイックな感じの人だから、夜はどんなかな、って……」

「み、未來!?」

今度は由良が顔を赤くする番だった。

未來は美人でモテるし、入社時は彼氏がいた。すれ違いもあり、二年目の時に別れてしまって泣いていたのを覚えている。

そのあとは立ち直りも早く、恋もいいけど仕事も頑張る、と言って企画の提出や先輩の仕事のサポートもしっかりやっていた。そんな未來はもちろん、社内でも人気があって、告白を受けたこともあるくらい。

「そ、そんな……私は、初めての彼氏だし、何とも言えない」

「そっかぁ……一色部長って、どんな美人が迫っても、落ちない男だったし……想像を掻き立てられるのよね」

はぁー、と熱いため息を吐いた未來は可愛らしい顔をしていた。

想像を掻き立てられるというのは、由良にもよくわかる。ずっと一色には憧れていたから、美人で性格も良い社員を振ったという噂を聞いた時に、いったいどんな人が好きなんだろう、と思ったりしていた。

由良のことを好きと言って抱き締める彼は、会社での顔と二人きりの時の顔が違う。どちらも憧れていた通り素敵で魅力的な一色だ。

由良を抱き締め、笑顔を向けるその表情も何もかも、由良以外には見せて欲しくないと思う。自分だけが知っている本当の一色を、できればずっと見ていたい。

ずっとそばにいたいと願っている。

「でも、一色部長は、や、優しくて……いつもドキドキする」

顔を赤らめたまま由良が言うと、未來は由良の肩をパシンと軽く叩いた。

「も、ちょっと、こっちが照れるよ、そんな顔！」

どんな顔、と思いながら首を傾げる。

「なんかもう、部長、由良のこと、本当に可愛いんだろうなぁ……色白で、黒目がちで、顔小さくて、髪の毛サラサラ。由良は密かに人気あるんだよ？　いろいろ丁寧で、気配りができて……一色部長、見る目あるよね」

また熱いため息を吐いた未來に、首を横に振る。

由良はそんなに褒められるような容姿も性格もしていないと思う。最近は確かに明るい色の服を選ぶようになったし、身だしなみも前以上に気をつけるようになったけれど。

「そんなこと……！」

「本当だって！　私も一緒にいて心地いいもん。企画、今度も成功させようね！」

満面の笑みを浮かべた未來に由良も同じような笑みを向けた。

「うん！　頑張ろう！」

恋も仕事も、こんなに上手くいっていいものかと、ちょっと贅沢な感じがするけれど。

これからもこうやって丁寧にやっていこう、と改めて思うのだった。

☆

企画書の大まかな部分が出来上がった。明日中にきちんと形にして出せるだろう。

今日はファニチャーレンタルの手配を一人でやったので、ちょっと時間がかかってしまった。町内イベントで映画を上映するらしく、設営までやって欲しいと言われ、それは業務外だと詳しく説明し、いくつか設営会社を紹介した。

仕事で気を遣ったからか、なんだかドッと疲れてしまった。

バッグを持ち上げ社員証を外しながら、今日はとにかく早く帰ってゆっくりしよう、そう思った。けれど家に帰っても冷蔵庫に食材がない。何か作るのも億劫《おっくう》なので、テイクアウトにしようかと考える。

週末は一色と過ごし、つい作ってしまうと言う彼の手料理を食べた。由良が作ると言っても、自分がしたいらしく作らせてもらったことはない。

しかし、明らかに料理の腕は一色の方が上で、とても美味《おい》しい。逆に彼の味に慣れてしまって、舌が肥えてきているのではないかと思うほどだ。

「私、一色さんの料理で胃袋掴まれてしまってるかも……」

年上で上司でもある彼に、ご飯を食べさせて欲しい、なんて女の由良には言えない。上司であることを抜きにしても、彼氏にそんなことを言うのは女としてどうなのだろう。

「ダメダメ……」

首を振ると、さらにお腹が鳴る。

「冷蔵庫に何もないと言いながら、冷凍野菜でかき揚げと煮びたし。野菜のかき揚げには干しエビが入ってて美味しかった……野菜って冷凍できるんだな……」

煮びたしは出汁を取ったあとのいりこが二つ盛り付けに使ってあり、食べなくていいと言われたが、味がついていたので美味しかった。

食事をしながらのたわいのない会話も楽しく、そのあとは恋人の時間。テレビを見ている合間にゆっくりとキスをしていると体が熱くなり、抱き合ったりした。

それが数日前の話だから、今日はきちんと家に帰って夕ご飯を食べる、と自分に言い聞かせたけれど。

スマホの着信があり、相手が一色なのを見ると、彼の作る食事を想像してしまう。同時に一緒に過ごす甘い時間も。

「もしもし」

『ああ、由良？　仕事は終わったかな？』

「はい。ちょっと遅くなりましたが、終わりました。明日には企画書を提出します。今日持ち帰っているので」

『そう。企画書は明日中でいいですよ。まだ、時間がありますからね』

「ありがとうございます」

仕事の話を先にしてしまった。しまったな、と思ったのは一色が由良の恋人だからだ。ただの上司は由良に電話をかけてこない。

彼は由良が恋人だから、仕事が終わったかどうか聞くために電話をしてきたのだ。

「すみません、私、仕事の話を先にしてしまいました」

『仕事帰りだからしょうがない。それに、僕は君の上司だから、そうなるのは当たり前だ』

クスッと電話口で笑った彼は、それより、と話を変えた。

『ウチに来ませんか？　今日は鹿児島産の黒豚肉を買って、ミルフィーユかつを作ったんですが』

ミルフィーユかつ、と聞いて由良はすごく食べたいと思ってしまった。

『それと、ほうれん草のお浸しと、玉ねぎのクリームスープ、雑穀米ご飯』

美味しそうなメニューを聞いただけで、もう一色の家に足が向いてしまいそうだった。

「……あ、でも、先日もお邪魔しましたし、そんなにずっとご馳走になるわけには……それに、明日も会社です」

同じ服で出社はできない。そう思ってやんわり断った。

しかし本当は彼に会いたいし、一緒にいたい。

由良が仕事で遅くなることをわかっていたのだと思う。ファニチャーレンタルの書類は、上司に提出するから。だから、ご飯を作ってくれたのだろう。

彼はいつもこうやって由良に優しく、甘やかしてくれる。

「ずっと、一色さんに甘えてばかりですから。今日は遠慮します」

『由良、僕が君に会いたいんです。甘やかしているんじゃなくて、一日の終わりに、君の顔を見て話をしたいと思ってるだけだよ』

一日の終わりに、由良の顔を見る。

なんだかそれって、まるで夫婦みたいだ。

「でも、明日は会社で、着替えが……」

顔が熱くなるのを感じながら、どうにか断りの言葉を口にする。いつも一色は、こうやって由良をダメにするのではないかと思うほど。

会社では厳しいことを言うのに、プライベートでは優しい。

由良だってよければ一日の終わりに彼の顔を見たい。端整な顔をした一色が由良に優しく微笑み、抱き締めてくれたら、どんな疲れも吹き飛びそうだ。

『だったら僕が、作った料理を持って君の部屋に行く。いいですか？』

大好きな一色が初めて由良に会いに来てくれる。

何とも甘い気持ちになり、一気にドキドキと心臓の鼓動が跳ね上がる。

「そんな……。ウチは狭いです。それに、あの、一色さんも明日仕事では？」

『スーツを持っていくよ。泊まっていいですか？』

いいけれど、由良は一人暮らしでベッドはシングルだ。背の高い彼には狭いだろう。ベッドは壁側に置いているけれど、二人で寝たりしたらもう、本当に窮屈かもしれない。

「私のベッド、シングルですが……」

由良が申し訳なさそうに言うと、一色はくすっと笑って、問題ない、と言った。

『君とずっとくっついて寝られるのは、良いことだ。今から準備して行きます』

その声音に甘やかな感じがして、由良は一瞬息が詰まったようになり、すぐに返事できなかった。

「……はい、ウチで待ってます」

じゃああとで、と言って電話を切る。

一色の家の方が会社から近いが、今から準備して来るというのなら、この時間だと由良が自分の家に着く方が早いだろう。

自然と由良の足が速くなった。由良のアパートは狭いけれど、その分彼を身近に感じるだろう。

「どうしよう、初めてだ……本当に、付き合ってる感じがする」

ドキドキしっぱなしで、窓に映る自分の顔を何度も確認する。少しお化粧直しをした方がいいかも、と思いながら由良は一色からもらったネックレスに触れる。

そこがなんだか、温かい気がした。まるで一色が触れているように。

早く会いたい。

高鳴る胸を抑えて、由良は家路を急いだ。

☆

由良は家に着くなり、掃除機をかけた。メイク道具を出しっぱなしで出社していたので、それらを片付け、ノートパソコンも棚の上にしまった。

冷蔵庫に冷やしてある緑茶の残りを確認し、十分な量があることにホッとする。

そうこうしているとインターホンが鳴り、モニターを見ると一色がいた。初めて由良の家に来るけれど、大体の場所と住所は知っているので、すぐに来ることができたのだろう。

髪の毛を軽く手で整えて、由良は玄関のドアを開けた。

る。

「こ、こんばんは、青さん」

お疲れ様です、というのは変なので言い淀んでしまった。一色は微笑み、家の中に入ってくる。

「こんばんは、由良。今日は忙しかったみたいだね」

「そうですね、後半は……あ、荷物預かります。こっちはスーツですか？」

彼はそうなんだ、とうなずいて由良にガーメントバッグを手渡す。

「ありがとう、お邪魔します」

今日の一色はカジュアルな服装だが、足元はトラッドな黒の革靴。そのまま履いて出勤するためだろうが、服装と靴もよく彼に似合っていて、カッコイイ。

彼はいつもオシャレで、由良は華やかな格好を心がけようと思うが、結局無難な色合いで落ち着いてしまい、上手くいかない。最近は、未來のおかげで少しマシになった方だ。

「すみません、狭いでしょう？　ワンルームなので」

「いや、一人で住むなら、都心ではこのくらい普通……ウチは広すぎるんでしょう」

彼は苦笑して、小さなテーブルの上に布製のバッグを置いた。中からタッパーを取り出し、並べる。

「お茶碗とお皿出しますね」

戸棚から食器とお箸を取り出して並べ、ご飯もタッパーに詰めてきてくれたようなので、しやもじも出した。そうすると手際よく盛り付けてくれて、最後にスープジャーを由良の前に置いた。

「こんなの、持っていたんですか？」

さすがだ、と思って見ていると一色は苦笑いをした。

「全く使ってなかったのを引っ張り出してきた。景品でもらったやつだから、大したものじゃないよ。初めて使いました」

そうなんだ、と思いながら由良はスプーンを忘れたので立ち上がる。

「スプーン取ってきますね」

しかし後ろから一色もついてきて、家の間取りを見始めた。

「こういう間取りか……リノベーション物件なのかな？」

一色はデザイン事業部の部長。部屋のレイアウトなどが気になるのはよくわかる。

「そうみたいです。脱衣スペースがあって、お風呂とトイレは別です。洗面所も一ヵ所にまとまった場所にあって、動線は便利なんですよ。キッチンの隣に洗濯機なので、お風呂に入る時、脱いだら入れる感じです」

「機能的なんだな」

「はい。そこがいいな、って思ってここに決めました」

スプーンをテーブルに置くと、一色も座る。彼の背が高いので、自分のアパートは本当に狭いな、と改めて思う。

「君らしい雰囲気の部屋でホッとする」

そう言って微笑み、手を合わせてから食べ始める。由良も同じようにいただきます、と言ってから箸を取ってミルフィーユかつを口にする。

「すごく美味しいです。チーズがちょっとだけ挟んである」

「ミルフィーユかつは簡単なんですよ」

まるで作り立てのようにサクサクしていた。きっと何か工夫があるのだろう。

「いつも、こうやってご馳走になってばかりですね……でも今日は、ちょっと疲れてたので、ありがたいです……明日の朝食は、私が作りますね」

小さめのパンが冷蔵庫にあるし、卵もあるからスクランブルエッグを作ってもいい。

「と言っても簡単なものしか作れませんが」

きっと一色のようにはできないだろうな、と由良は自分の前髪に触れながらそう言った。

「出社前は僕もそんなものだよ。知ってるでしょう？」

確かにそうだけど、彼は手際がいいのできちんとした朝食を作る。朝ご飯を食べなさそうな一色なのに、結構しっかり食べるのを見てちょっと驚いたものだ。

「君は痩せているのにわりと食べるから、最初はびっくりしましたけどね」

「そんな……三食食べるようにしているだけですよ？」

たくさん食べるタイプではないが、出されたものは残さないで食べる。ただお菓子などはあまり食べないのと、お腹いっぱいになるのが早いのであまり量は入らない。

「わかるよ。体質もあるだろうけどね。食べたらお風呂を借りていい？」

クスッと笑った彼は、由良の身体のすべてを知っている。何度も彼の腕に抱かれているし、大したことない胸のサイズもわかっている。

「一色……いえ、青さん、私の家、お風呂が狭いですが」

一色の家は浴室が広くて快適だ。それこそ、二人で入っても余裕なほど。

「じゃあ、食べ終わったら先に入るよ。片付けを頼んでいい？」

「もちろんです」

彼が由良の家の浴室を使うのは初めてだ。というか、男の人とこの部屋で二人で過ごすということ自体初めてで、ドキドキする。

由良が普段使っているシャンプーやボディーソープを彼が使って、二人は同じ匂いを纏うことになる。そう思うといっそう落ち着かなかった。

☆

一色に続いて由良も入浴を終え髪を乾かしていると、彼がまだ半分濡れている髪の毛に触れる。

「乾かすよ、君との時間が早く欲しいから」

一色は本当にいつも甘くて、今までの人にもこうだったのかと思うと、ちょっと嫉妬してしまう。

「一色さんは、いつもこうやって彼女に優しくしてきたんですか？」

「そう思う？」

クスッと笑った彼が鏡越しに由良を見る。曖昧《あいまい》な言葉に、由良は唇をキュッと引き締める。

「父と母が亡くなってからはいろいろあったし、人とは一線を引いてしまってね。君とのようなことは、なんとなくできなかったな。常に考えて、慎重に、深入りしすぎないように……」

髪の毛を乾かし終えたあと、彼の綺麗な形をした手が、由良の顎を持ち上げ、ゆっくりと唇を重ねてくる。もう片方の手は後ろから由良の腰に回り、少し力を込めて抱き締められた。

「……っ」

まだ唇を重ねただけなのに、心臓が跳ね上がり、身体の中心が熱くなってくる。

彼の舌が唇の隙間を開き、由良は口内に舌を迎え入れる。すぐに絡み合い、一色の体温を感じる。

いっそう身体は熱くなり、腰を抱いている彼の手をキュッと握る。

チュ、と音を立てて離れる唇が名残惜しく、由良の舌が彼の舌を追ってしまった。いつの間に自分はこんなことをするようになったんだろう、と恥ずかしくて顔を伏せる。

「だから君が恋人になる前の三年間、付き合う人はいなかった。キスもその先もよく考えてしないと、後悔することだってあることを、僕は知っているから」

由良の身体を自分の方に向けると、彼は頬を撫で、髪の毛を軽く梳《す》いた。

「一緒に風呂に入ることも、こうやって髪を乾かすことも、君とが初めてですよ、由良」

いろいろあった、というそれは由良には想像がつかない。きっと傷つくこともあったのだろう。人と一線を引いて付き合うなんて、なんだか寂しい。

「周りからどんな風に自分が見られているかは、なんとなく知ってます」

少し目を伏せて話すその声は、まるで自分に言い聞かせているようだった。

「でも言うほど僕は器用じゃないし、他人に入ってきて欲しくない領域もある。だから君が思っているよりも、経験は少ないんです。これから君で知っていくことも多いんだろうな」

彼は少し物思いにふけるような、けれど優しい表情でそう言った。

由良の小さな手に一色の大きな手がそっと重なり、上からぎゅっと指を絡めるようにして握られる。

「私で、ですか？」

一色は、女性経験もそれなりにあるように思っていた。だが、経験はあっても、恋愛とともに生じる付き合いを、そんなにしてこなかったのだろうか。

彼は過去を由良に話さないし、本心もそこまで話さない。一色の心の中の、一滴の感情が由良に明かされたような気がする。

これから君で知っていく、という言葉が由良の胸に響いてじわじわと広がっていく。大人な一色が、由良との恋愛で初めて知ることがあるということだ。

一色の言葉や行動に、身体が熱くなりっぱなしだ。いったい由良が何を一色に見せられるというのだろう。一色は由良よりずっと大人で、社会人としての地位もあるのに。

「そ、そんなこと……！　一色さんは、私よりずっと大人で……その、男の人との付き合いについて、何も知らない私に……教えてくれています」

「そうですか？　だったら、大人の振りができてるってことかな？」

彼は少し声を出して笑って、顔を寄せて由良に小さくキスをする。

「君を抱いて、好きな人の身体を抱くのは最高だと知った。君を抱くたびに、いつもその思いが更新される気がします」

一色の目がけぶるような、何ともいえない色気を湛《たた》え、由良を見つめていた。色っぽくて、でも綺麗で。男の人に綺麗というのは違うかもしれないが、由良の語彙《ごい》力の中ではそれしか思いつかない。

「私は、会うたびに、一色さんへの思いが更新されます。いつも好きだと再認識して、本当に好きだと思って……あ、青さんが、ずっとそばにいてくれれば、って……」

由良はいつも彼を好きになりすぎてしまう。もしもこの恋が終わったらなんて、考えたくもない。ずっと一緒にいたい。

仕事で厳しい一色も、甘い恋人の時の一色も、どちらも魅力的なのだ。慕う気持ちは日々強くなる一方。

「ああ、やっぱり君は酷いな」

また言われた酷いという言葉。前にも、彼に抱かれている最中に言われたことがある。言葉通りの意味ではないのはわかっているけれど、その言葉の裏にある心を一色は教えてくれない。

「あ……っ！」

入浴後のルームウエアの上から、由良は胸を揉み上げられた。大きな彼の手には小さすぎる乳房だけど、それを優しく、時に強く触れられ、それだけで由良の身体の中心は潤みを帯びてしまう。

「柔らかい」

頬にキスをされ、唇にもされた。

ブラジャーを身に着けていないから、服の下に手を入れられると、裸の胸が彼の手の動きで揺れる。

「下着、着けてなかったんだ。もしかして、待ってた？」

「そ……そんなこと」

顔がますます火照《ほて》っていく。彼がクスッと笑うのを感じる。身をよじる由良を腕で押さえられ、先ほどと反対の頬にキスをされる。指先が由良の胸の尖りを転がしていた。

「は……っ」

由良が息を詰めたような声を出すと、一色は自身の頬を由良の頬に触れさせながら、耳元で囁く。

「気持ちいい？」

一色が触れるところはいつも熱を帯びたようになり、由良の下腹部はキュッと疼《うず》く。

「は、い……青さんの触れるところはいつも……」

いつも気持ちいい、と言うのは、途中で止めた。とても最後まで言えなくて。

「僕も君の肌に触れるのは、気持ちいい」

彼はそう言いながら、由良を軽々と抱き上げた。行きつく先は由良のシングルベッド。唇を塞がれたまま身体をベッドに下ろされ、由良は一色のシャツを軽く掴んだ。

一色の重みが心地よく、キスをされると息が忙《せわ》しなくなってくる。唇を離すと、今度は彼の顔が首筋に埋められる。何度も口づけられ、時折キスマークをつけるように吸われて、身体が震えた。

「はぁ……青、さ……っ」

ルームウエアの上衣を押し上げられる。胸が露《あら》わになり、両手で揉まれ先端をキュッと摘ままれる。

「あっ！」

ほんの少し胸を突き出すように背を反らせてしまう。

先ほどお風呂に入ったのに、足の間が濡れている感覚。脱がせて欲しいと思うけれど、恥ずかしくて言えない。

起き上がった一色が、由良のルームウエアの下衣に手をかける。

由良の思いがわかったのか、下着とともに脱がせていく。脱がせて欲しいと思いながらも、由良の恥ずかしくも濡れたところを見られたくない気持ちがある。

足を閉じると、彼の手に割り開かれ、濡れている部分を彼に見られてしまった。

「あ……恥ずか、しいです」

「どうして？　僕を思って、濡れているんでしょう？」

彼の指先が由良の秘めた個所をゆっくり撫で始める。潤いがさらに増して、彼の動きを助けていた。

「……っん」

「そんな顔をされると、すぐに入れたくなってしまう」

小さく息を吐いて、少し耐えるような顔をした一色は、由良の足の付け根を撫でた。

「すぐに、入れても、いい、です」

「痛い思いはさせたくない」

一色は由良の身体の隙間に指を入れてくる。何度も出入りする彼の指先に、由良の腰は勝手に揺れる。

「私が、一色さんを……感じたいんです」

こんなことを言うようになるとは思いもしない。でも、なんだか今は、彼と繋がりたいと思ってしまった。

一色が由良と知っていくことも多いと言ったからだろうか。

「君が思うよりも、僕はずっとそう思ってる……」

彼も同じことを思っていた。こういう気持ちになるのも、由良が初めてなのかもしれない。もっと、由良のことを知って欲しいし、彼のことも知りたいと思う。

けれど今は、抱かれる熱と快感でその考えが霧散する。

一色はシャツを脱ぎ、パンツと下着を下げるとすでに彼自身が反応しきっていた。

「明日はお互い仕事だっていうのに、この一回で済むのかわからないな」

パンツのポケットから取り出した避妊具を手早く着けると、由良の足をさらに開いた。自らのモノを由良に宛《あ》てがい、押し当てるようにして中に入ってくる。

「は……っん」

硬い彼のモノが入ってくる感覚にギュッと目を閉じて耐える。まるで一色を待ち望んでいたかのように、中で彼を締めつける。

「狭いな、由良……まるで離したくないって言ってるみたいだ」

クスッと笑ったけれど、その表情に余裕はなさそうだった。

「君とは際限なく、したくなる」

は、と熱い息を吐き出したあと、彼は由良の身体を揺すり上げ始めた。肌が当たる乾いた音が響き、一色自身が由良の中を出入りするたびに、濡れた音が聞こえる。

「青、さん……っ」

「気持ちいいよ、由良」

断続的に一色が腰を使う。由良は身も心も翻弄され、言葉にできない快感に震えてしまう。もっと、と言ってしまいそうになるほど、由良も気持ちよかった。

一色に身体を作り変えられている。

彼とのセックスが初めてで、最初はとても痛くて恥ずかしかった。けれど、今は恥ずかしさやためらいだけでなく、一色に抱かれる幸せを感じる。

温かい男性の体温や、力強さ。何よりも彼と繋がると、ピッタリと収まるような、ないものが埋められるような感じさえするのだ。

優しくも強く、愛してくれる。

「もっと声を出していい」

　そう言いながら彼は由良の胸を揉み上げる。

　身体を揺らされながらそうされると、身体の疼きは強くなり、ズキズキと身体が高まる。心臓はものすごく速く打ち、もう由良には限界が来ていた。

「青、さん、私、も……っダメ」

「いいよ、イって。僕もイキそうだ」

　一色は由良を膝の上に抱き上げ、向かい合う形になる。そのまま下から彼のモノで突き上げられると、自分の体重分、奥深くに届く。

　硬くなった胸の先端をまるで食べるように唇の中に迎え入れられ、乳房を吸われた。谷間に口づけを落とされ、胸の脇に軽く歯を立て、赤い痕を残す。

「あっ……あっん！」

　由良は甘い声を上げ、硬く大きな一色自身を感じながら達してしまう。

　けれど一色はまだ達しなくて、由良は狂おしいほどの快感に身悶えた。

「やっ……あ、青さ……っ」

「イイ顔してる、由良……」

　彼が首筋に顔を埋めて吐き出す熱い吐息が、肌を撫でる。それだけで身体が震えた。

　目の前に白い閃光が走り、由良はさらに上へと連れていかれた。

「あっ！　やっ！　もう、また、イク……っ」

由良の腰を強く抱き締め、奥まで届かせたまま、一色は腰を何度か動かし動きを止める。

「……っん！」

小さく呻《うめ》いた彼の声を聞き、二度も達した由良はもう限界だった。

力が抜け、ゆっくりと身体をベッドに戻された時、目蓋を開けるのさえ上手くできなかった。

すぐ柔らかい唇が重なり、何度か啄《ついば》まれたあと、彼の舌が由良の口内に入ってくる。いつも一色は由良を何度も高みに連れていき、快感の波に落とす。

今している濃厚なキスもまた、由良には刺激になり下腹部が疼いてしまうのだ。

唇の角度を変えるたびに濡れた音が耳に響き、由良は強く一色の身体を抱き締める。

「一色さん、酷い、です」

「どこがですか？」

なんとか目を開けると、額に汗を滲ませた一色がいた。

少し濡れた前髪が色っぽくて、それを見ただけでもう、由良は中に入ったままの彼のモノを締めつける。

「いつも、私だけ、何度も苦しいくらいイってしまう」

まだ硬さが残る一色が中にいる、そのことだけで由良は腰をわずかに揺らし、身をよじってしまった。

「君が感じている快感は、僕も一緒だ……いや、それ以上かな」

そう言って、由良の唇に触れるだけのキスを何度か繰り返す。それから彼は、ほんの少し眉を寄せ、だから、と熱い息を吐きながら口を開く。

「年甲斐《としがい》もなくもう一度したくなる。そんなに締めつけないで欲しい」

そんなこと言っても、と思っていると彼のモノがゆっくりと由良から抜けていく。途端に喪失感を覚え、抱き締める腕に力を込めた。

「明日は、会社ですよ？」

由良の唇に彼の指先が触れる。親指で唇の輪郭をなぞり、彼は由良の隣に横になった。それから唇を食むようなキスを繰り返し、由良の前髪を掻き分け、額にもキスをする。

由良の首の下に手を入れ、彼は腕枕をしてくれた。こうして腕枕をされることは初めてではないけれど、大好きな人にされるとドキドキしてしまう。

「僕も欲しいですが、ほどほどというのも覚えないといけません」

微笑む彼は由良の胸に触れ、先端を摘まむ。

「あっ！」

敏感になっている身体は、すぐにビクリと反応した。

「僕たちはいつでも抱き合える。そうでしょう？」

由良が何も言わなくても、彼は由良の欲求をわかっている。

「はい、そうです……けど……」

彼は由良をなだめるように耳元で囁く。

「熱が冷めたら、きっと眠くなる。今日は、君、疲れていましたからね」

クスッと笑って由良の鼻に自分の鼻をすり寄せ、またゆっくりとしたキスをする。

「青さん……好き、です」

「僕も好きですよ」

まるで蕩けさせるように背中を撫で、鎖骨にも触れる。

そうしていると本当に眠くなってきて、彼が目蓋に優しく触れた。

一色は由良を抱き寄せ、額にキスをする。

「おやすみ、由良」

「は、い……おやすみ、なさ……」

最後までおやすみなさい、と言えないまま優しいぬくもりに包まれて、由良は眠りに落ちた。

3

――由良の部屋で初めて一緒に過ごした翌朝。

青はいつもより早く目が覚めた。週に三回ジョギングをすることに決めており、それから食事を作るので、もともと早起きなのだが、その時間よりも早くに目が覚めた。

隣を見ると規則正しい寝息を立てる、恋人の由良がいた。壁側に寝ているのと、彼女のベッドがシングルなので、寝苦しくて起きたのかもしれない。

けれど、こうして大切な人と肌を合わせて眠るのは心地よいことだった。体温が交じり合っているようで、すごく心が落ち着く。

由良は髪をほんの少し乱しており、青はそれを軽く直し、前髪を掻き分け額にキスをする。全く起きない彼女を見て、若いから眠りが深いのだろう、そう思った。

大きく息を吸って、自分に言い聞かせる。

上司と部下として接し、由良との仲は周囲には秘密だ。しかし、彼女は来栖未來には話したと言っていた。だが、来栖と接しても特に何か含むような視線もなければ、青に対して何か言うこともない。また、周囲にもバレていないことから、親しい友人であるという由良のためを思った、大人としての対応だろう。

ただ最近、青自身が由良に対して上司の顔をするのが、ほんの少し苦痛だ。上司であるから注意もするし、少し厳しいことを言う時もある。

先日も、もう少し由良に自身の力で、企画の内容を見直して欲しかった。由良のいいところをゆっくり伸ばしてやりたかった。しかし、本社の社長の意向もあり、彼女の力を引き出す前に企画の提案をすることになってしまった。

できれば、彼女の思う通りの企画をやらせたかったが、前回の企画が大成功したことが、社長にまで伝わってしまったのがいけない。

本社に戻った青の同期、森本芽衣子の研修報告書が、本社の目に留まったことが何よりの決め手だった。

「……全く、彼女もよくやってくれる……確かに由良の企画にもう一度、とは言っていたけど、本当に日本に戻ってくるなんて」

芽衣子には日本に彼氏がいる。理解のある男で、本社勤務の芽衣子を応援し、日本に帰ってきたら結婚するつもりだと彼女は言っていた。

その芽衣子が、デザイン事業部の部長補佐というポストを得て、近日中に本社から異動してくることになっていた。

芽衣子の仕事は雑ではないが、先回りしすぎて強引な時もある。だからこそ由良のような、丁寧に人の話を聞きながら、より良い方向へ導くやり方を知って欲しかった。

「勘がいいから、わかっていた様子だけど……君は、彼女の心を動かした。周りの人にも影響を与えるなんて、すごいよ、由良」

ただ、芽衣子が由良を評価したおかげで、社長の耳にも入ってしまったことは、青としては誤算だったが。

「君にはゆっくり伸びていって欲しい。部下に厳しく言うのは苦手だ。何のために、君の異動希望を握りつぶしたのかわからない」

彼女の頬に触れると、ん、と微かに声を漏らしたが、起きる気配がなかった。昨日の仕事の疲れと、セックスで体力を使ったせいだろう。

「大切な付き合っている彼女に、指導ばかりしたい男がどこにいるっていうのか……」

すみませんと言ってうつむいた顔が思い出されて、青は目を閉じて深いため息を吐く。

あんな顔をさせたくないが、あれは仕事のこと。プライベートは違う。

青は気持ちを切り替え、腕の中にいる由良を少し力を込めて抱き寄せる。

「こんなだからプライベートは思い切り可愛がりたくなる。ダメな男です」

ずっと気になり、部下だから本気になってはいけないと思っていた由良を抱いた。だからもう、自分の気持ちをごまかすことはできなくなった。

こんな存在を作ることの怖さはよく知っているのに。

「ずっと、そばにいて欲しい」

まだ、早い朝の中。

愛しい存在を抱き締め、青は目を閉じた。

次に起きた時はきっと、彼女の笑顔を見られると思いながら。

☆

朝食は由良が小さなトーストとスクランブルエッグ、手でカットしただけのレタスを添えて出してくれた。十分な朝食だったが、申し訳なさそうに出した。青が作るような朝食ではないから、と。

青の家ではいつも向かい合って食べるので、並んで座って食べるのは新鮮だった。

青は自分が料理を作るのが好きで凝るタイプだと知っている。それが女性側にとって良くないものだとわかっていても、ついやってしまう。

トーストをかじると、焼き方が良いのか、いい具合に歯ごたえがあり美味しかった。

「トーストの焼き方上手だ」

「ああ、それはフライパンで焼いたんです。その方がカリッとふっくらするんです」

そう言って由良がカリッと音を立ててトーストをかじった。

フライパンでパンを焼くという発想は青にはなく驚いた。

「そうか。今度僕もやってみるよ……フライパンを使うというのは、誰が教えてくれたのかな？　君のお母さん？」

「はい、そうです。ウチはいつもこうなんですよ。オリーブオイルをパンに垂らして焼いたあと、塩をかけるだけでも、かなり美味しいんです」

そう言って屈託なく笑う彼女が可愛いと思った。きっと由良は幸せな家庭で育ったのだろう。

「君の両親はどんな人？」

「私の、ですか？」

自然とそんな問いかけが青の口からこぼれた。由良は考え込む仕草をしながら話し出す。

「母は、料理が上手で、いつもにこにこしています。趣味は編み物や、縫い物をすること。週三日ほど半日ですがパートに出ています。父は普通の会社員で、映画を見るのが好きです。通勤時にいつも小説の本を持って出て行きます」

由良から彼女自身の家族の話を聞いたことがなかった。そういう話になってもいいはずなのに、全く聞きもしなかったことを反省する。

年齢は大人だが、大人になり切れていない二十歳の頃に両親を失ったことから、あまり家族というものに興味を持たなくなっていた。

だが、由良と出会ってからは、意識が向くようになっている。

「由良はお兄さんかお姉さんがいる？」

「……わかります？　兄がいます。だからなのか、私、わりとマイペースなんですよね。いろいろ助けてもらっているし、兄とはちょっと年が離れているけど、優しいです」

頭を掻きながら恥ずかしそうに言った。

「いくつ離れてるの？」

「五つです。すごく頼りになる人です」

どこか妹のような雰囲気があるから、兄には可愛がられているのだろう。年が五つも離れているのは、なんだかわかるような気がした。

「僕は一人っ子だから、そういうのがわからない。家族がいるのはいい」

由良を前にして、家族がいるのはいい、とすっと口から出た。今までそんなことを感じたことなどなかったのに。

両親ともにたまたま一人っ子、その親もすでに他界しているため、青は本当の意味で一人だった。

「あ……そうですね。青さんは、家族が……」

「僕は一気に家族を亡くしてしまったしね。家族との関係が羨《うらや》ましいのかもしれません」

眼鏡を押し上げると、由良が何とも言えない、少し悲しげな目をしてこちらを見ていた。

「誰かが、そばにいた方が安心しますか？」

聞かれて青は首を傾げる。

「どうかな？　今まで誰も家に上げたことはありませんでしたからね。テリトリーを侵して欲しくなかったかな。そこまで気を許してしまって、別れたり、いなくなったりした時がね……そういうのを考えたくなかった」

自分のことをなぜか話している、と青は自分を客観的に見ながらも、それは相手が由良だからだとわかっていた。

優しい雰囲気で話を聞くのが上手い。それだけ青は彼女に心を許しているのだ、と。

「私にも、そんな風に考える時、ありますか？　私のことは家に上げてくれて……最初は酔っぱらって、でしたけど……」

そう言って由良は前髪に触れながらうつむいた。

青はほんの少し笑って、それから彼女の顔を上げるために細い顎に触れた。

「全くためらいがなかったわけじゃないけど、あまり考えなかった。君を家に上げるのは、なんだか自然で……でも、朝食を食べずにいなくなっていたのはちょっとショックだった。誰かが目の前からいなくなるのは、好きじゃないんだ。もう、いなくならないで欲しいと思っています」

青は、本心を話していた。

彼女相手に、こんなにスルスルと言葉が出てくるのはなぜだろう。これは理屈じゃなくて、心や本能がそうさせているのかもしれない。

きっと由良は青にとって特別で、突然いなくならずにそばにいてくれると信じているからだ。

「もう、いなくならないです。私は、青さんと別れたりしないです。それに、ご両親みたいに、いきなり亡くなったりする確率の方が低いですから。年齢差もありますし、私は確実に、青さんを置いていくことはないです。寂しい思いはさせません」

微笑んだ彼女は青の手を取った。温かい体温を感じ、由良の言葉を反芻する。

『そうか、僕は寂しかったのかも』

心の中でそうつぶやいた。

今まで、自分のテリトリーに恋人を入れなかったのは、最初からいつかは別れる前提だったから。でも、由良は別れる前提などなく、ずっと大切にしたいと思った。

自分から恋をした若い恋人を手放したくない。

「ありがとう。君の心が嬉しいです」

「私も、嬉しいです。青さんが、私のこと、思ってくれていて」

はにかんだ笑顔を見て、青は由良の肩を抱き寄せた。

「あの、それで……青さん、この前の……私がリーダーをした時の展示会ですけど、営業をかけてくれたんですか？」

彼女はそう言いながら、どことなくぎこちない顔をした。たぶん、ずっと気になっていたのだろう。だから、そんな顔をさせまいと、抱いている肩をさらに引き寄せ、由良、と呼んで微笑んだ。

「君が恋人だから、僕が無理に営業したと思ってる？」

「……あ、いえ、そんなことは……」

「君のことだけ考えてしたわけじゃない。会社の利益を考えるのは当然だ」

そこで少し口を噤《つぐ》んでから、ゆっくり考えながら話す。

「全くないと言えば嘘になるけど、そういうフェアじゃないことはしない。確かに、展示会の成功を思って頑張りすぎたから、君の企画を会社が推し進める判断を下した。もうちょっとゆっくり、君だけの企画を考えて出して欲しかったけど、そうさせてあげられなかったことは謝ります。それに、注意をしたことも、悪かったと思ってます」

青が頭を下げると、由良は腕を掴んで首を振った。

「いえ、すみません！　そんな頭を下げるなんて……私、もう少し、周りに目を配れるようになりたいです。部長がそんなに、いろいろ考えてやっていたこと、知りませんでしたから」

頑張ります、と言って微笑んだ彼女の顔は、ちょっと曇っていた。

仕事のことは別にして、ただそばにいて笑っていて欲しい。でも上司と部下だから、こういう類《たぐい》の話は多くなるだろう。

そういうのは嫌いだから、部下とは一線を引いて接していた。でも、できなかったからこうなっている。

「僕の名前は、部長ではありませんが」

ハッとしたように顔を上げる彼女は、さらに顔を曇らせた。

「仕事は仕事として、僕といる時は、そのままの君でいいんです。変わる必要はありません。いつも笑顔で、柔らかい雰囲気で、人の話をきちんと聞いてくれる。それが君の良いところです。それに、丸くて優しい、黒目がちの目が可愛くて、僕はそんな由良が、好きでしょうがない」

「……ありがとう、ございます」

「ここはお礼を言う場面なのかな？　好きな女性に好きと言うのは、結構ドキドキして、勇気がいるんですが」

これまで、青は面と向かって付き合っている人に好きだと、ここまで真面目に言った記憶がない。

心のどこかで、探していた人はこういう人なのだと、ピッタリきたのが由良だった。同じような雰囲気の女性と会ったことだってあるのに、由良が一番自分の中に入ってきたのだ。

「いつも、君といると、恋をしていると実感する」

彼女の手を取り、自分の胸に押し当てた。この鼓動を伝えたくてそうすると、由良は顔を一気に赤くした。

「青さんみたいな人が、私に……時々、やっぱり、夢心地になるんです。……私も、好きです、青さん」

「だったら、そんな顔をしないで笑っていて。僕たちは上司と部下という関係であるけど、二人きりの時は、ただ恋人でいて欲しい」

青の正直な気持ちだった。

由良の前では、ずっと上司の顔をして、自分を律していた。社内恋愛は絶対にしないという、自分の中の取り決めから外れたくなかったからだ。

我慢をしていたけど、自分の気持ちを抑えずにさっさと伝えるべきだったのかもしれない。早くに恋人関係になっていたら、会社での立場も、それほど気にならなかっただろう。

今は、上司と部下という関係が長すぎる。

「仕事の話はできるだけ、しないようにします。……私は、青さんの、恋人、ですから」

「ありがとう」

照れたように恋人と言いながら前髪に触れる由良が可愛かった。

出社前なのに、そういう顔を見せないで欲しい。

青は由良の肩を引き寄せ顔を近づけてキスをする。ゆっくりと彼女の唇を啄み、何度かそれを繰り返して、開いた口の隙間から舌を差し入れる。

「ぁ……」

小さく声を漏らした彼女の口の中の舌を見つけ、自らの舌と絡ませた。

濡れた音が耳に響き、力をなくした彼女を抱き締め、床にそっと倒す。

「は……っあお、い、さ……っ」

唇をずらす合間に出す甘い声を聞いて、青はゆっくりと唇を離した。

「そういう声を出されると、困るな……」

出させているのは自分だが、男としては本当に困る事態だ。

やりたい盛りでもないというのに、下半身が反応してしまう。

「……先に家を出るから」

青は身体を起こそうとした。が、由良がスーツの襟を掴む。

「あの、もう、少し、キス……ダメですか？」

青は言葉に詰まって、それから正直に言った。

「これ以上すると、我慢できなくなるので、離して欲しい」

由良は意味を察してパッと手を離した。

身体を起こしネクタイを整えると、彼女もほんの少しめくれていたスカートの裾を直す。

「昨日、すごく幸せで……気持ちよく眠れて……私の家にも、避妊の道具、置いておきます。

青さんがいつも、私の身体を気遣ってしてくれるの、本当に好きです」

避妊の道具、という表現が可笑《おか》しくて、青は思わず笑ってしまった。

「何が可笑しいんですか!?」

「いえ、由良らしい言い方でなんか嬉しくなってしまって。今度、僕が置いていきます。ああいう寝る前のセックスも、気持ちよくていろいろ考えずに眠れて、心地いいでしょう?」

由良は顔を赤くしてうつむき、一色のスーツの袖をキュッと握った。

「今度は、青さんの家で、ゆっくり……」

こうして、自分の思いを口にするようになった由良が愛おしい。

何が一番なのか、仕事なのか恋愛なのか。

その両方を欲しいと思う自分は欲張りだと思うけど。

ただ、由良がそばにいないとだめなんだと、心からそう思った。

☆

由良の企画書を受理し支社長に報告をすると、すぐに許可が下りた。支社長が関わっていると言ったら由良はきっと驚き萎縮するだろうから、部長である青の中だけに留めておいた。支社長もまた、自分が指示したというのは伏せていいと言ったこともある。

そうして近日中に来ると言っていた芽衣子が、企画書を提出しに行った時にもう社長室にいたのには驚いた。とにかく早く帰ってきたかったということで、予定より一週間早く戻ってきたことになる。

「今日は、ご挨拶に来たの。出社は週明けになるわ。会社が社宅として借り上げているマンションに住むことにしたのよ」

同期入社同士でつもる話もあるだろう、と社長が言ったので、青と芽衣子は会社の小さな会議スペースでコーヒーを入れて椅子に座った。

会議スペースには、コーヒーと手ごろな菓子がいつも用意してあり、来客がある時に主に使う場所だった。

「一色君とまた働けて嬉しいわ」

控えめなベージュの唇がにっこりと笑った。

「近日中に戻るとは聞いていたけど……早すぎない？　びっくりしたよ」

眼鏡を押し上げながら言うと、芽衣子は肩をすくめて笑った。

「びっくりしたと言いながら、いつも一色君は冷静ね。部長補佐といっても、まぁ課長みたいなものだから、これからはもっと、どっしりと構えてていいわよ？」

デザイン事業部には課長がいない。青の下は宮部《みやべ》という主任がいるだけだ。その主任は青より年は三つ下。青は部長になるには若い年齢で抜擢《ばってき》され、今の役職に就いている。

比較的管理職の年齢が若いのは、デザイン事業部だけだ。だからこそ実績を上げることが要求されるし、他部署から何かにつけ、いろいろと言われることも多い。

「確かに、君が来たのなら、いろいろ任せられるだろうけど……僕は判子やサインをするだけの部長じゃないからね」

「わかってるわ。デザイン事業部ができたのって、もっとクリエイティブな面を底上げするように、だったっけ？　営業もするし、企画もする、マンション内装デザインとともにファニチャーレンタルも展開……取り扱っているブランドの展示即売も、って本当に多様な部署よね。だからこそ、一色君が部長を任されたの、わかる気がする。容姿抜群、柔らかい口調と微笑み。頭の回転も速く、多少の強引さも持ち合わせている。客観的に物事を見るクールさもありながら、柔軟な考え……私にはないものばかり」

はぁ、とため息を吐いた芽衣子は、同時に肩を落とす。

「そんな一色君が、どうして四年前、本社勤務を断ったかよくわからない。だから私が代わりに、アメリカ行ったんだけどね」

コーヒーを飲んで、手近にあった菓子を摘まむその指は、控えめなネイルがされていた。

最近由良もネイルをしていた。しかし、なんとなく慣れないのと、サロンに行く時間が取れない時もあるので、やめてしまっている。

青はネイルをしている由良も好きだが、しなくても血色の良いピンク色をしている彼女の爪も気に入っている。また爪は小さいけれど、綺麗な手をしているのでそのままでも十分だと思う。

「行って良かっただろう？　君は日本にいる時よりも綺麗になったし、ネイルもするくらいオシャレになった」

「……すみませんね、ダサくて」

芽衣子はブスッとした顔をしたあと、全くもう、と言って青を見た。

「質問をはぐらかさないでよ。確かに私は向こうに行って良かった。一色君の言う通り、垢抜けたと思うわ。それとともに、仕事もすごく楽しくなって……感謝してるけど、たまに一色君が出張にきて引き留められるのを見ると、なんだかね……そろそろ教えて欲しいわ。あの時、何かあったの？」

「何もないよ」

即答すると、納得いかないというような顔をした芽衣子が、さらに聞いてくる。

「付き合っていた彼女と結婚する気だったとか？」

「それはないね。デザイン事業部が立ち上がるのを知っていたし、そっちの方が面白そうだと思ってね。あとは、アメリカに行っている間の家の管理をどうするのか、考えるのが面倒で。それだけのことだ」

青は女性と深い付き合いをするのを避けていた。特定の誰かを作る気がなく、ただ仕事をしていただけのように思える。新しく立ち上げられた部署は役職付きで配属されたものの、自分もそうだが、特殊な仕事の内容に明るくない社員も多かった。

一から勉強したり、挨拶回りがとにかく大変だった覚えしかない。

「そう……今、彼女は？」

「いるけど？」

「それって、市木さん？」

「ずっとわかってたくせに、なんで改めて聞くんだ？」

青がクスッと笑ってコーヒーを飲むと、芽衣子はほんの少し唇を尖らせた。

「わかってたっていうか、市木さんに聞くわけにはいかないでしょ？　一色君、私にはいつも辛口よね。まぁ最初から同期の中では、一番大人びて落ち着いていたし、泣き虫だった私とは大違いだったもんね」

由良と青の関係は、まだ秘密にしたい。けれど、どこかでバレてしまったら、それは仕方がないと思っている。真面目な付き合いをしているし、彼女に付き合って欲しいと言ったのは青の方だ。

しかし、まだゆっくりと恋人関係を深めたい。そうして、いずれアメリカ本社に異動になった時は、彼女を連れて行きたいと思っている。

実際、たった一回の展示会で、由良の仕事ぶりは認められているのだから。

「笑顔を浮かべると、目が離せないような可愛らしさがあって。目が澄んでて、雰囲気が柔らかい……仕事もプライベートも堅実できちんと相手の話を聞く。細やかな気遣いが気持ちいいっていうか……ちょっと自己評価は低いけど、私の目から見ても素敵な子だと思うわ、市木さんって」

ため息を吐いて、芽衣子は頭を掻く。

「めちゃくちゃモテるタイプは彼女の友達の来栖さんだろうけどね。でも、市木さん、今日チラッと見ただけだけど前より綺麗になってたし……仕事もプライベートも充実し始めているから、いくら一色君でも余裕かましていたら取られちゃいそうね」

芽衣子の言葉に、青は瞬きをした。彼女は微笑み、爪先でコツンと机を軽く叩く。

「意地が悪いな」

「そういうつもりじゃないけどね。ただ、一色君が付き合っているだけあるなぁ、って。社員となんて付き合わない、部下なんてもってのほか、って言ってたのに」

芽衣子はからかうような顔をする。青は彼女らしいと思いながら、笑みを向けた。

「自分が決めた一線を越えているからね。もちろんいろいろ考えるよ。でも、それは言っても仕方のないことだ。一応、市木さんとの関係は内緒にしているから、その方向で頼むよ。来栖さんは市木さんが話したそうだから知っているけど、彼女の同期の高崎やその他は知らない。まぁ、君がそういうことを軽々しく言う人ではないのも、僕はよく知っているけどね」

軽く釘を刺すようなことを言うと、芽衣子が腕を組んでまた唇を尖らせる。

「言わないわよ！　ただ、一色君のことだから、上司としての態度は崩さず、厳しいことを言ってるんじゃないかな、って。それで心が痛んだりしてない？」

相変わらず勘がいい。芽衣子は青が思っていたことを口にした。

由良を呼び出して企画書を作り直して欲しいと言ったあの日、由良がもう少し明確な言葉でもって企画の内容を言ってくれたら、と思わないでもない。

しかし、彼女は時間をかけてじっくり考えるタイプだとわかっているから、上からの指示通りのプランを提示せざるを得なかった。

「彼女のことを知っているから、心苦しくなる時もあるけど、そこは仕事だからね。割り切るしかない。君は同性だし、僕の補佐ということなら、市木さんたちグループの企画を任せてもいいかな？」

「それはもちろん！　市木さんの企画には関わりたかったし、研修報告をしたくらいだから、やらせてもらうつもりよ」

芽衣子は青の提案に即答した。

部下を導いたり注意するのは上司の役割である。誰に対しても同じ態度を取っているのだが、やはり由良相手だと、躊躇《ちゅうちょ》する部分はある。

彼女の気持ちが青から離れていかないようにしたい。そう思ってしまう。

でもプライベートと会社では別だ。

「一色君はいつでも非の打ちどころがなくて、クールで同期の誰よりも優秀だった。そんな人が、市木さんのような優しい子に惹かれるのもわかるわ。一緒にいて心地いいもの」

「……そう」

「だてに同期はやってないわよ。私が一色君の代わりに引っ張っていくわ。強引にじゃなくて、相手の様子を見ながら、適度にね」

芽衣子は青にウインクをしてみせた。こういうことをする人ではなかったのにな、とアメリカでの成長を感じた。

また、彼女が由良を手伝ってくれると聞いてホッとした。これで仕事面のサポートは彼女に任せて、自分は由良とプライベートを充実させることができる。こんなことで安堵するなんて上司失格だな、と内心自嘲する。

由良という存在が目の前に現れ、青は自分の中の一線を越えたのだから、これからはもっと公私の区別をつけられるようにしていきたいと思う。

「君は？　プライベートはどうなった？」

「別れたわ。こっちに帰ってきて、彼との未来を考えたけれど、彼の方がなんか腰が重いし、アメリカ勤務で離れた期間も長かったからね……しょうがないわ。また、新しい恋があればいいけど。一色君みたいに素敵な人を見つけられたらいいわね」

からかうように、ふふっ、と笑う。

青はただそれを、ため息を吐いて受け流した。

「そうだな、君も綺麗でオシャレに変身したんだから、良い人と会えるといいな」

「変身だけ余計よ……」

ムッとした顔をするのを見て、基本的には変わらない彼女の態度に笑みがこぼれる。

芽衣子は泣き虫だったが、根性だけはあり、仕事とプライベートはきちんと分けるタイプだった。だから由良との関係を誰かに言うことはないだろう。

来栖未來と由良とともに、話すことはあるかもしれないが。

そういう女同士の恋バナに由良がついていけるかがなんとなく心配だった。きっと顔を赤くして終わりだろう。その様子が容易に想像できる。

「市木さんたちは任せてね、一色君」

「ああ、よろしくお願いします」

由良の企画を急がせてしまったのは、芽衣子が報告したからではあるが、彼女がフォローしてくれるなら間違いないだろう。

あとは青が、自分の感情ともう少し折り合いをつけられるようにすればいい。

そう思いながら、コーヒーに口をつけた。

4

由良が一色に企画書を提出して数日後。

昼休みを終えてオフィスに戻ってきた社員に向かって、一色がアメリカから異動してくる社員を紹介した。

「みんなも知っていると思うけど、森本芽衣子さんです。アメリカ本社から日本支社へ異動となり、部長補佐としてこれから一緒に働いていきます。知っての通り、優秀な人です。位置的には僕の補佐ですが、同等の仕事をしていく予定です。これからよろしくお願いします」

由良はまさかこんなに早くに芽衣子が戻ってくるとは思わず、目を丸くしてしまう。前回は研修という名目で由良の企画を手伝ってもらった。

当然のことながら、彼女が役職付きで日本支社へ転勤となったのを見ると、やはり一色の言う通り優秀なのだとよくわかる。

これから一色と同等の仕事をしていくという芽衣子は、きっと彼との接点が多くなることだろう。

「森本さん、挨拶をお願いします」

一色から促され、芽衣子は微笑み一歩前に進んだ。

「お疲れ様です。どうしても早く戻ってきたくて、帰ってきました。明日からこちらで、一色部長の補佐として皆さんと一緒に勤務します。どうぞよろしくお願いします」

芽衣子が頭を下げると、周りからちょっとした拍手が湧き上がる。

「よろしくお願いします！　森本さん」

先輩の一人が声を上げて、彼女の周りに皆が近寄る。

前回の研修の時、由良たちのチームだけでなくほかのチームにも関わり、一緒に仕事をしていた。

相変わらず美人で、髪も緩く綺麗にまとめている。控えめなピアスもよく似合っていれば、キャリアウーマンらしいパンツスタイルのスーツも素敵だ。

「また一緒に仕事ができるって、嬉しいね、由良」

未來からそう言われ、由良も本心からそう思っているのでうなずく。

「そうだね。またアドバイスとかしてもらえたら嬉しいな」

未來と二人でうなずき合い、もう一度芽衣子を見る。髪はパーマを当てているから、あんな風に綺麗にまとめられるのだろうか。

由良の髪の短さでは、あんな自然なスタイルにならないだろう。

一色の隣にいても変わらず自然で、美男美女だ。高いヒールも履きこなしているその姿に、やはり羨ましくなってしまう。

けれど、由良は深呼吸し、自分は自分、と言い聞かせた。一色の言う通り、由良には由良の良いところがあるのだと信じている。

「市木さん、来栖さん、またよろしくね」

控えめなベージュの唇が笑みを浮かべると、とても魅力的だった。未來も美人だが、芽衣子はまた大人の色気を帯びた美しさがある。

「よろしくお願いします」

先に未來がそう言って頭を下げた。由良もそれに倣《なら》う。

「こちらこそ、よろしくお願いします、森本さん」

顔を上げると、そんなかしこまらないで、と肩をすくめられた。

「一色君から聞いてるわ。今度もあの企画の続き……でも人気のある作家さんだけを採用するものに変更をしているんでしょう？　私も一緒にやっていくつもりなの。これから重要なものは一色君じゃなくて私に提出してね」

「え……？」

芽衣子は部長補佐としてアメリカから戻ってきた。同等の仕事をすると一色は言っていたので、彼女に報告や書類の提出をするのは当たり前だった。

「あ、すみません……そうですよね。これからは森本さん……いえ、森本部長補佐に、ですね」

「そうね、これからは私が主に一緒にやっていくから、相談しながら企画を成功させましょう」

一色が由良から離れていく。

厳密にはそうじゃないのに、そんな気がしてしまった。

今までは彼に厳しくも優しく、注意や指導をしてもらっていたのに、これからはそれがない。会社での接点がなくなる気がして、なんだか寂しくなってしまう。

一色の声を聞く機会も少なくなるのだろう。彼と会う約束はメールやSNSでできるだろうけど、一色から書類に添えて渡されるお誘いのメモがこれからはなくなる。

彼との仲は秘密だから、どうせシュレッダーにかけてしまうけれど、そういう誘い方がなんだかくすぐったくて好きだった。また彼の綺麗な字が見られなくなるのも残念だ。

「市木さんの企画、本社でも注目していたから。ハードルを上げてしまって申し訳ないけれど、一緒に頑張っていきましょう」

芽衣子の力強くも優しい言葉に、由良はうなずき、笑顔を向ける。

「はい、よろしくお願いします」

それ以上のことを言えない自分は心が狭いのかもしれない。

これからどうやって彼と会おう、どうやってデートの約束を取ろう。そう思いながらも、自分からは一色をデートに誘ったことがないのに気づく。

今日のこの気持ちを素直に伝えるのははばかられるけれど。

ずっと一色が由良の企画を見てくれると思っていたのに、と伝えることくらいはいいだろう。

それに、これは仕事だ。プライベートと分けなければならない。

由良は気持ちを落ち着けて、頭を切り替えた。

☆

『今日、良かったら会いたいんですが……どうでしょうか？』

その週の金曜日、由良はそう彼にメールを送った。

悩みに悩んで、会いたいということを伝えると、一色からの返信はすぐだった。

『明日は休みだから、どこかで食事をしましょう。七時にいつもの駅で』

彼と食事をしたあと一緒に過ごすことを考え、待ち合わせの駅に行く前にコンビニで下着を買おうと思った。

コンビニで買った下着がすでに数枚あり、これからは週末は小さなポーチの中に下着を入れて出勤しようと考えた。が、そこで、なんだか恥ずかしくなって、デスクに突っ伏し顔を赤くする。

いかにも週末は一色とエッチな時間を過ごすみたいな感じなので、良い考えではあったがそうするべきなのかどうなのか悩んでしまう。

「由良？　どうしたの」

デスクに突っ伏している由良の背を、未來がポン、と軽く叩く。

顔を上げ、未來を見ながら首を振る。

「なんでもないよ！　大丈夫」

「えー？　本当？　顔、なんか赤いけど？　企画書のついでに聞くよ？」

意味深に笑う未來を見て、ウッと言葉に詰まってしまうけれど。

未來とはチームなので、仕事で話すことは山ほどある。

「じゃあ、カンファレンスルーム、借りて……でいい？」

「私、借りてくる。由良は必要なもの持ってきて。悪いけど、私のタブレットもお願いしていい？」

ごめん、という風に未來が手を合わせてこちらを見る。

「わかった。じゃあ、必要なものを持ってカンファレンスルームの前でね」

彼女はうなずいて、なんだか嬉しそうな足取りで背を向ける。

未來は由良よりも女子力が高い上に、お付き合いの経験がある。由良よりも恋愛スキルは格段に高いはずだ。

未來にしか恋愛相談はしたことがないし、相手が一色だと知っているのも彼女だけ。さっきの下着の件もちょっと聞いてみよう、と由良は深呼吸をしながら決心する。

そうしてカンファレンスルームでまずは仕事を詰めていくことにする。デザイナーの選別はできているので、彼らの作品のレイアウトを考えながら、どうにか他作家の作品を置けないかなども話し合う。

しかし、一つの部屋というような空間を作ると、同じデザイナーの作品の風合いを損ねてしまうこともあり、なかなか上手くいかない。

パソコンの画面上でレイアウトをシミュレートしてみても、展示会場のスペースは決まっているので、由良が展示したい作家の物が置けないのだ。

「確かに、この一点物のまゆごもり、いい作品よね。作るのに時間がかかるだろうけど、展示したらすぐに問い合わせ来て、納品まで年単位必要になりそう」

「そうなのよね。すごく雰囲気があって、売れると思うんだけど……大きさが二人掛けソファーよりちょっと大きいくらいのサイズ。ちょうどいいから本当に置きたいんだけど、ピックアップした作家さんじゃないし、何よりレイアウトした部屋に合わない感じ」

由良がどうしよう、という風に言葉を発すると、未來もそうね、とため息。

「こっちのデザイナーはカッチリ、スタイリッシュ。こっちはちょっとカジュアルな明るい感じだから、こういうニュアンス系だとはまらないわね……森本補佐に相談してみる？　スペース拡張してもらってもいいと思うんだ。先輩たちが担当している部分もあるけど、少し高さを出したところに置くとか……展示だからね」

「でも未來、それだと品物を試せないし……スペース拡張はあまりできないと思う。前回よりもメーカーの数も多いし、ファニチャーレンタル分の製品、結構多いよ？」

そっか、と首をひねる未來を見て、由良もどうしようかと思う。

『まゆごもり……ラタンを編み込んだ隠れ家みたいな空間ができるあれは、なんだか優しい感じがした。カップル向けかな？　ウチには置けますよ』

彼の声を思い出し、顔が赤くなりそうなのをどうにかこらえる。

由良のアパートには無理だが、確かに一色の家には置けそう。彼の家はソファーが置いてあるが、リビングにはもう一つくらい置けそうなスペースがある。

「今回はやっぱり、見送り、かな……残念だけど」

由良がシュンとして言うと、そうねぇ、と未來もがっかりした声を出した。

「まぁ、今回は特に部長の指示が入っている企画でもあるし……ボチボチ行こ？」

どうにか微笑み、由良は一番推していた、まゆごもりのページを閉じる。

「由良が選んだ、さっきのまゆごもり、ってなんだか艶っぽい作品よね？」

ふふっ、と笑った未來は、手近に置いていたコーヒーを飲んで、少し身を乗り出した。

「もしかして……あの中に、一緒に入りたいの？　一色部長と？」

由良は一気に顔が熱くなった。

まゆごもりは繭のようなドーム型の空間を、ラタンで作っているものだ。入り口は小さく、中はちょっと広い。二人で入って座るにはちょうどいいけれど、一緒に寝るとなると少し狭いかもしれない。

中に敷いてあるクッションはとにかくふかふかで気持ちよく、追加でクッションを入れても良さそう。

「そ、そんなこと……ただ、なんとなく、家の中だけどリラックスできる空間になるのは、いいな、と思って……」

由良は顔を赤くしながら、下を向く。

まゆごもりのような作品を見ても、以前までの由良だったらきっと気にとめなかっただろう。カップル向けのような家具は何を選んだらいいかわからなかった。

けれど最近は、二人掛けのソファーやテーブルなどに目が入ってしまう。一色の家を思い出し、どんなカラーや趣のものが良いかなども想像してしまうくらいだ。

「そっかぁ。でも、あの作品いいよね……やっぱりどこかに置きたいね」

未來がにこりと笑ったのに対し、由良はただうなずくしかない。

さっきまで週末の下着を持って行くかどうかについて聞こうかと思っていたが、そんなことを尋ねるとまた未來からどう答えていいかわからないことを言われそうだ。

「週末はいつも会ってるの？」

「あ……うん、部長の出張がない時はほとんど」

タイミングよく週末の話が出てきたから、聞くチャンスなのだが、やっぱり口に出せない。

「いいお付き合いしてるみたいね。もう、下着とか、部長の家に置いてるの？」

未來は由良の心を読むエスパーなのかと思ってしまう。さすが由良よりも恋愛スキルが高いだけあり、そういうこともサラッと聞いてきた。

「あ……やだ、ごめん！　私聞きすぎだよね！」

由良が沈黙したので、慌てて未來が謝ってくる。それに対して首を振り、そんなことない、と言った。

「私、初めてだからわかんなくて……その、彼の家に下着とか置いていいものなのか。そこまで深い付き合いにしてもいいのかな、って。週末は、その、小さなポーチに入れた下着をバッグに入れておけば、問題ないかな……？」

ああ、とため息交じりに声を発した未來は、考え込む仕草をし、口を開く。

「週末一緒に過ごすなら、由良の言う通り、ポーチに下着入れて会社の帰りにお泊まり、でいいと思う。私は下着を彼の家に置き忘れて、彼が洗濯してくれたのを使ったことならあるけど、きちんと置いたことない」

それはそうだな、と納得できる答えをくれた。

一色はきっと由良が下着や服を置いても何も言わない。未來のように、忘れた下着を使うことは今までもあるのだから、これからもそれで構わないだろう。

まだ付き合って一年も経っておらず、深い付き合いも何も考えすぎなのかもしれない。

「でも、その……由良もきちんと社会人してる成人した女の子だし、特に部長は結婚とか考えるような年齢なんだから、深い付き合いにしてもいいと思うけど？　一色部長、誠実そうだし……何より私、由良の目が好きだって言った部長のこと、きちんと見てるな、って思ったんだよね」

結婚という言葉を聞いて、由良の心臓が跳ね上がった。

しかし、未來の言う通り、一色は結婚していてもよい年齢だ。深い付き合いにしてもいいと言われ、由良は将来を考えてしまう。

「結婚……そうだね、部長はそういう年よね」

未來はまとめた髪の毛に触れながら、小さくうなずく。

「自分で言うのもなんだけど、私は自分のこと可愛い顔だってわかってる。見た目が良いからって寄ってくる人も多いし。でも、私、由良を見た時に色白で可愛いな、って思ったの。由良の服装はＴＰＯがしっかりしてて、会社でも接待でも通用するような色使いをするし、基本スーツっぽい格好だけど上着を脱いだら、キレイ目の服って感じだしね。黒い目もなんかキラキラして見えて……素敵な人とお付き合いするような、そんな女の子だよね、って……」

綺麗な唇に弧を描いた未來は、由良をまっすぐに見る。

「男が寄ってくる、って感じではなくて、男が惹かれる人だって思ったわけ。私、由良から見習うこと多いし、由良みたいにちょっと丁寧に仕事を運んでみよう、って思って実行すると上手くいくことも多いんだ。だからきっと、由良のそういう女性らしさと可愛らしさを見初めるっていうの？　しっかりとした堅実な人が現れるって、そう思ってた。そうしたら、一色部長と……そうなっちゃったね、そうなっちゃったね」

そうなっちゃったね、という言葉に由良は両手で顔を覆った。なんだかとても恥ずかしい。また由良から見習うことが多い、という未來の言葉がくすぐったくて、照れてしまう。

由良と一色は身体の関係から始まった。自分が抱いて欲しいと言ったからそうなったと思っていたけれど、実は彼の方も由良のことを好きだったと気持ちを打ち明けられた。

仕事では多少厳しいことを言われるが、逆にそれは由良のことを思ってだとわかっている。企画やコンセプトなど、由良は考えがまとまるまでが遅くて、無難なものしか出せない。この前も、デザイナーの未来を考えるように言われた時、本当にそうだと思った。

違うデザイナーも起用したいけれど、続けて展示会をさせてもらいたいデザイナーもいたことは事実。だから一色からの指摘にとても納得した。

そんな容姿も抜群で、しっかりとした考えを持っている大人の一色に、プライベートでは甘やかされている。恋人として大切に扱ってもらっている。

由良は彼に少しでも釣り合う女性になりたいと思い始めていた。

「私……一色部長に、もう少し似合う人になりたいと思ってる。でもなかなか上手くいかなくて……これから先、部長とお付き合いする中で、その先の未来を考えてもいいのか、わからない」

「考えていいよ。思うことは自由だし。由良はいつもきちんとしてるよ？　企画だけが仕事じゃないし。それに、前回の企画すごく良かった。成功した。すごく上手くいっていると思うんだけど、違う？」

未來は微笑み、由良の手を取った。

「由良は部長に似合ってるよ。可愛いし、きちんとお仕事もできてるから。いつも思っていたけど人に引け目を感じることない。深い付き合いになっていいよ。由良のことをきちんと部長は思ってくれてる」

キュッと手を握られ、未來はうなずき、由良をまっすぐに見る。

「ありがとう、未來」

「こちらこそありがとう。私は、由良と会えて本当に良かった。それに、一色部長と付き合うようになってから、由良、ちょっと変わったよ？」

「え？」

「笑顔がより素敵になったし、綺麗になった。本当の意味で、大人の女性って感じがする。私なんか、まだまだだなぁ、って思うほど！」

「そ、そんなこと！」

大人の女性というその言葉に、なんだか恥ずかしくなる。

由良が首を横に振ると、本当のことなのに、と未來は明るく笑った。

由良は一色の腕の中で大人の女性として扱われ、彼によっていろんな感情を引き出されている。好きだという気持ちは抱かれるたびに強くなり、なんでもない日でも会いたいと思う。

こんなこと、由良の中でなかったことだった。

「ありがとう、未來。私もっと、なんかいろいろ、頑張りたい」

「そっか。そのままでも十分だけど、そうね……そうだよね！　私も頑張りたい。一緒に頑張ろう！」

「うん！」

力強く返事をすると、未來が由良の両手を握りキュッと力を込めた。

由良もまたその気持ちに応え、彼女の手を握り返す。

未來のアドバイス通り、今度の週末には下着を持って出社することにした。

深い付き合いというのは、恋愛初心者の由良には結構なハードルだけれど、ゆっくり少しずつ前進したい。

そう思った。

☆

仕事が終わったあと、一色といつもの駅で待ち合わせをした。

彼と会う時は最寄り駅から二駅離れたコーヒーショップだ。いつだったか、ここで二人ともすごくお腹が空いていたので、食べて帰ったことがある。

食事をする時は一色任せになることが多い。今日はどこに行くのだろうかと思いながら、待ち合わせ時間より早く着き、カフェオレを飲みながら時間をつぶす。

いつも彼に任せっきりなのもどうなのか、由良もちょっとリサーチしないと、と考えてしまう。

「世間知らずだな、私って……」

恋愛というものを初めてするし、オシャレな場所というのをよく知らない。一色から導かれるまま、教えてもらうままに身を任せている。

外は暗く、窓が鏡のようになり、自分の顔が映っていた。胸元には、一色がプレゼントしてくれたピンク色の石が光っている。

「これってなんの石なのかな……」

こういうことに詳しくない由良は、ただ見て触れて楽しむだけだ。

このシンプルなネックレスはどんな服装にも合い、主張しすぎることがなく、いつも身に着けていたくなるくらい好きだった。

「部長、趣味がいいなぁ……」

思わず部長と言ってしまった自分を内心叱咤《しった》する。

初めて一色と会った時彼は課長だったが、それから一年もしないうちに部長へ昇進した。由良の中では上司の期間が長かったので、どうしても部長、と言ってしまう。

青と名前で呼んで欲しいと言われても、まだ慣れなくて一色さんと呼ぶ方が多い気がする。

彼の名前は部長ではなく一色青なので、できるだけ青と名前で呼ぶ努力をしなければいけない。

「会社で青さん、って呼んじゃったらどうしようって思うんだよね……そこは大人として気をつけなきゃだけど」

一色と恋人同士になって、自分の中だけでなく、周囲も変わった気がする。

より良い方向にいっているのはわかっているけれど、たぶん由良がついていけていない。

「由良」

後ろから名を呼ばれ、由良はすぐに振り向いた。

笑顔を浮かべた彼は由良のすぐ隣に座る。

「お疲れ様です、一色さん」

一色の笑顔を見ると、先ほどの考えがどこかへいってしまう。それくらい由良は、彼を見るだけで癒やされていることに気づく。

いろいろ考えてもしょうがないこと。一色は由良のそばにいてくれている。

「何か考え事？　ちょっと難しい顔をしていた」

「いえ……ただ、私が選んだまゆごもり、やっぱり展示会場に置きたいなぁ、って。今回の展示会に依頼をしたデザイナーさんの作品ではないけど、あれは人目を惹くので」

本当は違うことを考えていたけれど、これも未來と検討していることだ。

一色は由良の言葉に苦笑して、そうだな、と言った。

「君が気に入ったのなら検討してもいいけど？　確かにあれは、注文が殺到しそうだ。ベッドサイズのものは似た感じのがあるけど、ソファーサイズの小さいのはなかなか見かけないからね」

「ですよね。だから、どこかに置きたいんだけど、スペースがなくて。レイアウトを考えても、入れ込めないから……」

「これは違う作家の物で参考商品、という感じで入れたらどう？　そうしたら次の展示会に、まゆごもりの作家のスペースが取れるだろうからね」

一色の提案は確かにその通りだった。

「いいんでしょうか？　作家さんの許可を得たら、すぐにでもそうしたいんですけど」

もちろん、他作家にもきちんと了承をもらってから、ということになるが。一色の口調だと、全部クリアできたら由良が気に入っている作品を展示していいようだ。

「君の上司がいいと言っていますが？」

由良は笑みを浮かべ、彼の腕に触れながら礼を言った。

「ありがとうございます！」

一色のアドバイスと、許可が嬉しかった。

けれど反面、彼に企画の煮詰まっている部分を考えてもらったことと、由良が言ったから許可が出たのではないかということを考えてしまう。

「……また、私の企画の内容を考えてもらってすみません。それに、展示したい作品を、部長に個人的にお願いしたようになってしまいました」

申し訳ない、何を言っているんだという気持ちになり、うつむく。

彼の腕から手を離し、テーブルの上に置くと、その由良の手を一色の大きな手が包み込む。

「僕は個人的なお願いなんてされた覚えはありませんよ？　まゆごもりは良い作品だ。社内ではないけれど、相談をされたので、上司として答えただけですが？」

彼は髪を掻き上げ、由良、と名を呼んだ。

「週明けにでも、まゆごもりの件は森本さんに僕の方から伝えておきます。良い作品はできる限り展示していきたいのは同じ気持ちです。公私混同はしていませんよ」

はっきりと公私混同していないと言われ、由良は自分が思い上がっていたような気がして、恥ずかしくなる。

一色青という人は、絶対にそういうことをしないとわかっているのに。

「すみません。失言でした」

由良が頭を下げると、一色が顎を持ち、顔を上げさせた。

「僕は、そういう顔をさせるために、君との時間を過ごしているわけじゃない」

彼が少し困った顔をしているのを見て、唇を噛《か》んでしまう。

「はい、わかっています。ただ、ちょっと、部長が恋人なので……こういう時、部長が公私混同しないってわかってるのに、変なこと言ってしまいました」

そして由良は、一色のことを部長と何度も読んでいることに気づき、さらに失敗した、と思う。

大好きな彼なのに名前で呼ばず、役職で呼ぶなんて。

でもここでごめんなさい、というのも違う気がして、押し黙ってしまった。

「君に余計なことを言ってしまったのは僕の方かな。今は二人の時間なのに、仕事の話に上司という言葉を持ち出してしまった。以後気をつけるよ、由良」

顔を上げると、彼は微笑んでいた。

由良は首を横に振り、一色を見上げる。

「私の方が余計なことを言いました。私は、一色さんの上司としてしっかりと指導してくれるところも、恋人として優しく私を甘やかしてくれるところも大好きです。それに、先に仕事の話をしたのは私ですから。まゆごもりのことが、一目見た時から忘れられなくて……本当は、一色さんと一緒に、まゆごもりの中にいるのを想像していたんです」

一色とまゆごもりの中にいる自分。

それはとても幸せな想像。二人だけの空間ができるから、自分から寄り添い、彼の体温を感じていられる甘い時間。

本を読んでいる最中にキスをしたり、もちろん、ほんの少しだけその先の行為も想像した。

「一色さん、落ち着いた空間好きそうだな、って思って。それに、ウチには置けると言った言葉通り、いつか私が購入して置けたらなぁ、って……青さんが、私を甘やかしてくれるから、その……お願いなんて言ってしまってごめんなさい。きちんと仕事として、あの作品を置いていいと言ってくれたのは、本当に嬉しかったです」

まだ彼を呼ぶのに、部長、一色、青、と混同してしまう。できればいつでも名前で呼んでいたい。慣れない由良は、まだすぐにそう呼べそうにない。

「きっと、君より僕の方が、上司ということを意識しているんだろうな」

大きく息を吐いた一色は、由良の頭を撫でた。

「君を大切にしたい。ただそれだけが僕の中にある。会社では正直、厳しいことは言いたくないほど」

そんなことないのに、と思って首を振る。

「私、青さんの的確な助言も、指導も好きです。むしろ助けられていますし、この前の展示会の企画だって、君にしか任せようと思っていないという言葉が、私を後押ししました。青さん……一色部長にしか、できないことだったと思ってます」

これは本当の気持ち。

恋が動いた日から、由良の日常もよい方向へと動き出した。

ずっと憧れていて、見ているだけだった一色が、上司で恋人でなかったら、由良は前進できなかったのではないかと思うほど。

「……あまり、僕を刺激しないでくれませんか？」

「え？」

一色は眼鏡を押し上げ、その手で口元を覆う。

「まゆごもりの件も、好きだという言葉も嬉しい……こっちこそ、あまり甘い言葉を言われると、すぐにでも抱きたくなるよ、由良」

なんとなく、一色の顔が紅潮しているように見えた。目にはいつも以上の色っぽさが宿っている。

大人な彼がそんな顔を見せるのに、由良は自分の鼓動が速くなるのを抑えきれなかった。

「君から熱を込めて一緒にいる時間を想像すると言われると、こっちはもっとそれを想像して求めてしまう」

流し目で見られ、一色の整った目元がより魅力的で色っぽくて。

由良は心臓の鼓動がうるさく、苦しく、熱い息を吐き出すしかない。

「そんな目で見られると余計に、君が欲しくなる」

一色こそ、由良をそんな目で見ていると思う。

下唇を噛んで、それから今までになく変な言葉を言ってしまう。

「それは、私のどこが、ですか？」

一色の前でこんな誘うような言葉を言うなんて、思ってもみなかった。我に返ると恥ずかしくて、何を言っているんだろうと顔をうつむける。

そんな由良に一色は耳元に唇を近づける。ふわっと香る彼の匂い。

「近くのホテルでもいいですか？」

一色は由良の質問に答えなかった。ただ一言、丁寧な口調で問われ、耳元から身体中に甘い痺《しび》れが走る。

「……はい」

自然と声が小さくなった。

けれど一色には聞こえたようで、無言で由良の手を取り立ち上がる。

飲みかけのカフェオレはそのままに、由良は彼に手を引かれるままついていくことにした。

上手く顔を上げられず、ただ彼の大きな手をキュッと握ることしかできなかった。

5

由良は結局、コンビニに寄って下着を買うことになった。一色は由良と同じく下着を買い、コンドームも購入していた。

一色のようないかにもカッコイイ、エリートのような男の人がそういうものを買うと、いろいろ妄想されそうな気がする。

実際レジを担当したのは女性で、一色のことをジッと見ていた。心なしか顔が赤いような気がして、そうだよね、と先に外に出ていた由良はコンビニのガラス越しにそう思った。

そんな素敵な人の相手は私なんです、と心の中でつぶやく。あまり見られたくないと思ったのは、ちょっと釣り合ってないからだ。

でも、一色が好きだと言って、ホテルに行こうと誘うのは由良だけ。堂々としていよう、と自分の弱気をどこかに追いやることにした。

「由良」

差し出された手を握ると、彼の熱を感じる。

近くにはビジネスホテルがあった。彼は迷いなく、由良の手を引き、中へ入っていく。

一色とずっとこうやっていつも隣にいたい。それほど、彼がどうしようもなく好きだと思った。

☆

「ビジネスホテルだから部屋が狭いし、ベッドはセミダブルだけど」

エレベーターの中でそう言われたが、セミダブルがどのくらいかわからない。由良はちょっとした出張に行くこともあるが、会社が手配してくれるシングルの部屋しか経験がない。

「二人で過ごせるなら十分です」

ここのところずっと彼が好きすぎて、今まで言ったことがないような言葉ばかり出てしまう。らしくない言い方に彼はどう思っているだろうと見上げた。

「……そうだね」

視線が合ったけれど、すぐに逸らされた。

一色の言葉が一瞬遅れたように感じ、言うんじゃなかったな、と思った。

気が急《せ》いて、まるで早く抱かれたいというような、似合わない言葉だった。

エレベーターが目的の階に行きつき、彼が先に降りた。その背に由良はついていく。

立ち止まった彼がカードキーをかざし、部屋の中に入った。そのカードを部屋の電気がつく場所に差し込むと、途端に部屋が明るくなる。

長い机は鏡台とテレビ台が一体になっているものだった。部屋は手狭であるが、シングルの部屋よりはずっと広く、快適そうだった。

シングルベッドよりも一回り大きなベッドの上には、二つナイトウエアが置いてあった。

「シャワー、浴びますか？」

一色は自分のブリーフケースを鏡の前に置いた。中から先ほど買った、コンドームの箱を取り出す。小さな箱なので、今夜の分くらいだろうけど、いったいいくつ入っているのか。

そう思って見ていると彼はスーツの上着を脱いだ。途端にいつものいい匂いが由良の鼻孔をくすぐり、彼との熱い行為を思い出させる。

一色はオピウムという香水を薄めて使っていると言っていた。

『君には、常習性のような感じで、効いているのかな』

その時は意味が全くわからなかったが、あとで調べてみたら、彼の言葉がよくわかった。

オピウムとはアヘン、精神を麻痺させるもの。

「一色さんといると、いつもいい匂いがします」

「ああ……君はこの匂いが好きだったね」

近づきたくなるような、引き寄せられるような匂いがする。蝶が花に近づくのと似ているけれど、最近はそうじゃないことに気がついた。

一色という人が纏っているから、由良は甘く精神を麻痺させられるのだ。

「一色さんが、前に……匂いで感じるなんて敏感だと言ったけど、本当にそうかも。私いつも、このオピウムの匂いを感じると、ドキドキして一色さんに近づきたくなる」

由良は彼の腕の下から手を差し入れ、彼の背を抱き締めながら広い胸に頬を預ける。もう少し背が高かったら、彼の肩か首筋に頬を寄せることができただろう。

けれど、耳で彼の鼓動を感じることができるからいい。

「あまりそうやって煽ると、優しくできない」

は、と小さく息を吐いた一色は由良の身体を抱き上げ、性急にベッドへ押し倒した。

「あっ……！」

びっくりして声を出すと、彼は由良のスカートからブラウスを引き出し、ブラジャーのホックを外す。服と一緒に首元まで押し上げられ、ささやかな胸が露わになる。

一色は両手で胸を揉み上げながら、由良の唇を塞ぐようにキスをする。

最初から深いキスをし、口腔にある舌を舐《ねぶ》られ、搦め捕られる。濡れた音が狭い部屋に響いた。

「ん……っん」

唇の角度が変わる時に息を吸うけれど、酸素が足りない。あまりにも心臓が高鳴りすぎて、上手く息が吸えないのだ。

由良は酸素を求めて一度、彼の唇から逃れたが、すぐにまた彼に奪われてしまう。激しい口づけを受け止めるのに必死で、由良はされるがままだった。

「っは！　あお、いさ……っ」

舌が蕩けそうと思うほど、口内を彼の舌で愛撫され、飲み込み切れない唾液が唇の端からこぼれ出てしまう。

その間も由良の一番柔らかなところは、一色の手の中にあった。やや強く揉み込まれ、時折浮き出た鎖骨に何度も口づけを繰り返された。

「君は本当に色白だな。だからすぐ痕がつく。印をつけてしまったかな」

耳元で一色が低くかすれた声でそう言った。そのまま耳の後ろにキスをされ、次第に彼の唇が下に向かい、首筋に顔を埋められる。

立ち込めるオピウムの匂いが強くなり、由良はそれだけで下腹部が疼き、足を縮めてシーツを掻く。

「恥ずかしい……けど、私は青さんのものだから」

正直な気持ちを口にすると、彼は顔を上げ、由良を見てフッと笑う。

「君に優しくしたいのに、できなくなるな」

「青さんに、なら私は……それに、いつも優しいです」

「この状況で？」

由良が小さくうなずくと、彼は唇に小さなキスを落とし、頬にもキスをする。

「……君は酷い」

彼は唇を開き、まるで由良の乳房を食べるように愛撫した。舌先で胸の先端を転がされ、由良は声を出す。

「は……っあ」

濡れた音を立てながら唇が離れていったかと思うと、乳房の脇を吸われ赤い痕が残る。胸の間にも赤い痕を残して移動し、左右ともに同じように唇で愛撫される。

大きな手が由良の柔らかなまろみを揉み上げ、指先に先端を摘まれると、どうしようもなく身をよじりたくなる。足をすり合わせたくなるけれど、彼の身体に邪魔されてできなくて。

由良の秘めた部分が触られてもいないのに、濡れて蕩けてきていた。

一色の手がスカートをめくり上げ、ショーツの中に入ってくる。

「……っ」

「すごく濡れてる」

長い指が由良の中に侵入してくるのはすぐで、出入りするたびに濡れた音が響く。その音だけで、由良は自分がどれだけ彼を待ち望んでいたかわかり、恥ずかしさで身をよじった。

濡れそぼっているそこは、ショーツを穿いている意味がないほどで。

「脱が、せて」

小さな声で一色に言う。

「言われなくても、脱がせる。早く君を感じたい」

余裕がない風に言われ、彼は一度身体を起こした。眼鏡を外してベッドサイドに置き、由良のショーツとストッキングを引っ張り脱がせる。片方の足に絡んだままだったが、スカートをめくり上げられ、足を開かれた。

彼の目の前に由良の秘めた部分がさらけ出される。恥ずかしくて顔を横に向け、目蓋をキュッと閉じた。

ベルトを外す音と、スラックスのジッパーを下げる音。

目を開いてみると、一色は避妊具を着けていた。大きな質量のモノが見え、今から硬い彼のモノが由良の中に入ってくることを想像すると、さらに中から愛液が溢れそうだった。

「青、さん」

名を呼ぶと彼は自身を手にし、受け入れる部分に宛てがう。由良の身体はまるで吸い込むように、一色をのみ込んでいく。

「ん……っう」

中を埋めていくモノは硬く大きく、由良は一度、息を詰めてしまう。だが息を吐き出すと、そのタイミングで一色は奥まで挿し入れた。

「あっ……あっ！」

「キツイな相変わらず」

彼は少し眉を寄せ、息を吐き、目を閉じた。

次に目を開けた時には、その目に色を湛え、由良をまっすぐに見る。

「こんなのは、由良だけだ……どうしようもないほど、気持ちいい」

一色は由良の左足を抱え上げ、自身の重みをかけてさらに深く押し入ってくる。

「あ……っ……青さん、が……深い……っ」

由良は自分が何を言っているかわからないくらい感じていた。下腹部の疼きがこれ以上ないほど強くなり、ただ一色が深くうがつだけで、身体が震え、達してしまう。

同時に彼のモノを締めつけ、自分の中にどれだけ彼が入っているのかわかるほどだった。

「っ……締めつけすぎだ、由良」

そう言いながらも余裕を持っているかのように、クスッと笑った。

「たまらないな」

由良は身体を起こされ、一色と向かい合う形になる。彼は由良の腰を抱き、下から突き上げてきた。

由良の後頭部を引き寄せ、唇を奪い、深いキスをしてくる。角度を変えると濡れた音が耳に響き、それもまた由良の官能を高めていく。

「は……っん！」

自分の体重分、一色のモノが深く入る。それで突き上げられたら、由良はたまらない。

「や……っもう、ダメ……っ」

「何が？　由良。言ってみて」

耳を軽く食みながら言われると、身体が震え、ただ彼を抱き締めるしかない。

「こうやって抱き締めてくるのに、何がダメ？」

耳をくすぐる一色のかすれた声と、肌がぶつかる音と濡れた音。

その両方の音が耳に響き、下腹部で感じる一色のモノが硬くて、腹の奥底が疼いて仕方がない。さっき達したというのに、またイってしまいそうだった。

着乱れたまま、大人の色香を放つ一色に見つめられ、ゾクゾクした快感が身体を走る。

「私、また……っ」

涙声になりながら訴えると、彼は由良の背を再度ベッドに戻し、グッと腰を押しつけ奥まで届かせる。

「君は奥を押すと、とてもいい顔をする」

一色はそのまま由良の身体を少し強く、速く揺さぶり始めた。

ささやかな胸が揺れ、その胸を一色の大きな手が包み、揉み込んでくる。

「そん、な……同時に……っあ！」

腰が勝手に反り、それが刺激になってさらに由良は彼を強く感じた。

「由良。可愛い、好きだよ」

彼が由良の身体を力を込めて抱き締める。額から浮き出た汗が彼の前髪を濡らし、いっそう壮絶な色気を放っていた。

会社でいつもクールに仕事をこなす一色が、自分だけに見せてくれる顔。それを思うとますます由良の胸が高鳴った。

「私も、好き……青さ……っ」

「ずっとこうして、繋がっていたい」

一色から言われる言葉に、由良はお腹の底がキュッとなる。彼が由良と同じ気持ちだというそれが嬉しい。

こんなに好きな人と抱き合える幸せが、この時間が、ずっと続いて欲しいけれど。

身体の限界はそういうわけにはいかない。彼が指を絡めて由良の手をぎゅっと握り締め、覆いかぶさってくる。

「由良……っ」

名を呼ばれると同時に、目蓋の裏が真っ白になるような快感が走って、由良は達してしまう。

一色もまた達したのか、何度か抽挿を繰り返して、動きを止める。

「は……っ」

彼の感じ入った声を聞き、目を開けると、額の汗をぬぐう一色がいた。

濡れた前髪を掻き上げて気だるそうにしている姿は、彼のことが大好きな由良の目に毒だ。

ますます見惚れてもっともっと好きになってしまう。まだスーツを少ししか着崩していない姿も、とても官能的だ。

「青さん」

名を呼ぶと小さくキスされ、彼はゆっくりと由良から腰を引く。

「顔を赤くして……どうしました？」

クスッと笑い、揶揄《やゆ》するように言われた。

由良は両手で顔を隠し、顔を横に向ける。

顔を赤くしている理由なんて言えない。事後の一色に見惚れていたなんて。

「なんでも、ありません……」

身体を横に向けると、一色が避妊具を取る音がした。

その様子をほとんど見たことはないけれど、きっと今日は由良の愛液がたくさんついているに違いない。

『いつか僕のに着けてくれる？』

彼がそう言ったのを思い出し、余計に顔が熱くなってくる。

着け方を知らないわけじゃないけれど、一色のモノに触れるなんてそんなこと、と思っていると彼が横になっている由良を後ろから抱き締めてくる。

「感じていたね」

笑みを含みながら耳の後ろにチュ、と音を立ててキスをする。

一色が二の腕に触れるけれど、そこは少しだけ汗をかいていて、滑りが悪い。

「……私、汗が……」

気持ち悪くないだろうかと思ってそう言うと、彼はさらに汗をかいている部分、胸の間に触れた。谷間は全くない。もう少し胸が豊かだったなら、と一色に触れられるたびに思う。

「それだけ僕に夢中になってたってことだから嬉しいよ」

後ろから胸を揉むようにすくい上げ、唇は耳から首筋へ移動し、肩にキスをしながら肩甲骨部分へといきつく。

「は……っ」

由良が息を詰めると、彼はクスッと笑った。

唇で背中を、手で肌の感触を確かめるように撫でさする。ゆっくりと指先が移動し、後ろから由良の胸の先端を軽く摘まみ、次に揉み上げてくる。

「う……っん！」

彼の唇が首筋を甘噛みしてから、身体を正面に向けられる。仰向けに寝かされ足の付け根にキスをされた。

「あ……や、です」

「なにが？」

今からされることへの羞恥に身体の中が疼く。

一番恥ずかしいところを、一色はいつも、丁寧に愛撫するのだ。

「私、おかしくないですか？」

心臓の高鳴りを感じながらどうにか言うと、彼は腿に手を這わせ、微かに笑みを浮かべた。

「どうして？」

「恥ずかしくて……こんなこと」

顔を背けて真っ赤にして答えるのが精一杯だった。なのに、一色はそっと由良の前髪を掻き上げて、額にキスをしてから微笑んだ。

「恥ずかしがる君を見ていると、いつも、どうにかなりそうになる。特に今日は、いつもより乱れて濡れて、僕を待っているといわんばかりだ」

一色の指先が、由良の秘めた個所の尖りに触れた。

「あっ！」

途端に快感が電流のように走って、腰が勝手に揺れてしまう。

何度抱かれても一色に触れられるとすぐに感じてしまう。彼と出会って自分がこんなに変わってしまうなんて思ってもいなかった。

恥ずかしい気持ちとは裏腹に身体は敏感に反応して、由良の隙間はみるみる濡れ始める。それをすくい上げるように、彼の舌が下から上へと舐め上げてくる。柔らかな舌の感触に、由良は息を詰め、足に力を入れ閉じようとしてしまう。

「閉じたら愛せませんよ」

彼の手が閉じるのを阻み、指先が浅く由良の中へと入ってくる。

「そんな、ことしたら、また、私……っん！」

「いいよ、何度でもイって。まだ夜は長いから、ゆっくりと感じたい、由良」

そう言って一色は由良の足の間に顔を伏せた。

「青、さん……私の方が、どうにか、なりそう」

好きな人にこんなに求められるなんて。感じすぎて全身が蕩けてしまいそうだった。ただただ快感に翻弄され、一色の愛撫に身をゆだねて声を上げるだけになってしまう。

「じゃあ、二人でどうにかなってしまおう。今日はお互いを思い切り感じ合うのもいい」

「あっ……はあっ……」

「由良、好きだよ」

一色は由良の秘めた部分への愛撫を止めず、濡れた音を立てて舌先を身体の隙間に入れてくる。

愛されていると思う。

憧れだった一色が、由良を全身で愛してくれている。

彼が上司で仕事の話はきっと尽きないだろうけれど。それでもこうやって、互いに夢中になる時間があることが幸せだった。

その幸せを感じながら、由良は彼にされるがまま乱れ、声を上げお互いを抱き締め、繋がる喜びを噛み締めるのだった。

☆

ホテルに泊まった翌日、由良は家に帰った。日曜は友人と会う約束があると言った一色は、ホテルを出る前に由良を少し強く抱き締め、熱いキスをした。

『離れるのが名残惜しいですね』

そういった彼の眼鏡の奥の目を見た時、由良はドキドキした。お腹の底がキュッと疼き、彼の言葉通り由良もまだ離れたくなかった。

けれど自分からキスをするとか、もう少し一緒にいたいという言葉を口にすることができなくて。

とにかく、ドキドキしすぎて上手く言葉が出なかった。

このもどかしさをどうすればいいのかわからなくなるが、とりあえず一つずつクリアしていくしかないだろう。

そう思いながら迎えた週の始まり。出勤早々に、芽衣子から声をかけられた。

「一色君から聞いたけれど、ピックアップしている人とは別のデザイナーの作品を、一つ出品するそうね？」

にこりと微笑んだ芽衣子に、由良は少し頭を下げながら口を開く。

「相談せずにすみません。部長に直接話をする機会があったので、提案させていただきました」

「いいのよ、そんな、頭を下げなくても」

芽衣子が慌てたように由良の顔を上げさせる。彼女は眉尻を下げて、ちょっと困った顔をした。

「そんなに恐縮しないで。私は確かに部長補佐だけど、この前と同じように接して欲しいし、お互い相談し合いたいから。それに、市木さんセンスいいわ。まゆごもり、実物は見ていないけれど、雰囲気があって……あれは売れそうね！」

二の腕を軽くポン、とされて由良は瞬きした。

「展示会が楽しみ。どこに、まゆごもりを配置するか考えないとね！」

楽しそうに話し、笑顔の芽衣子に由良はホッとする。

「けれど、森本補佐を通さなかったことは……すみませんでした」

「だからいいのよ。私でも、一色君でも、どちらでもいいの。一色君だって、良いと思わなければゴーサイン出さないでしょうから。そのまゆごもりの件だけど、ちょっといい？」

変わらない笑顔でそう言われたけれど、話す場所を移動されて由良は少し身構えた。

オフィスにある談話ルームに入り、ドアを閉めると椅子に座るように促された。芽衣子と向き合って座ると、彼女はアレンジしている髪の後れ毛に触れながら口を開く。

「私、一色君とあなたがお付き合いしていること、知ってるわ」

「あ、それは……その……」

突然の言葉にどう対応していいのかわからなくて狼狽してしまう。顔を上げると、芽衣子は慌てたように口に手を当てた。

「ああ！　何か言うことがあるってわけじゃないのよ？　ただ、気づいただけなの、私が。あなた、なんとなくだけど、一色君のフレグランスの匂いがする時があって……彼もほんのり匂うっていうか、軽く纏う程度しかつけていないから、近寄らないとわからないんだけど……ということは、それだけ近しい存在かな、って」

由良はどう答えていいかわからず、視線を落とす。付き合っていると正直に言うべきなのかどうなのか。

「それで、一色君に聞いたのよ。彼はあなたと付き合ってるって、正直に言ってくれた。あなたとの関係を誰かに言うなんてことはしないし、それは一色君もわかってるから話してくれたの。だから、あの……安心して、市木さん。あと、誤解のないように言っておきたいけど、この件と仕事の件は別に考えているから」

由良は顔を上げた。笑みを浮かべる芽衣子が目の前にいる。

「私から見ても、一色君らしくないことをしているわ。でも、そのらしくないことをしても、あなたのことが好きなのね。基本的に冷めた性格の一色君の、熱い部分を見た感じがして……なにより、仕事を相談し合えるような関係も、羨ましい」

芽衣子のような仕事のできる女性に羨ましいと言われると、戸惑ってしまう。

基本的に地味で普通の由良だから一色が眩しい。もちろん、周りにいる同期も先輩も由良の目にはそう映る。

けれど、そんな眩しい人たちがいる中で、由良を選んでくれた一色が好きで、大好きで。

「部長は、森本補佐を信じて付き合っていることを言ったんだと思います。まゆごもりの件は、プライベートで話していたら、部長があっさりと許可してくれたので、本当にいいのかとまだ思う気持ちがあるんです。だから……」

「一色君は、仕事と自分の感情を混同しないわよ？　だから、一色君のことをそういう目で見ているんだったら、あなた失礼よ？」

間髪を容れずに言われて、由良はサッと顔色を変えた。

「ちょっと厳しいことを言ったけど、本当にそう。まゆごもり、良い作品だから一色君は二つ返事でいいよ、って言ったの。だから、どうかそんな風に思わないで」

にこりと笑った顔は、もともと美人なのもあり、やっぱり眩しかった。

そんなつもりはないのに、プライベートな時間を使って仕事を融通してもらったように聞こえてしまったかもしれない。誤解を招くような言い方をしたことを反省する。

「わかっているんです。すみません、変なことを言って。まゆごもり、展示できるようになって良かったです。一色部長には感謝ですね」

口元を引き締めてから笑みを向けると、芽衣子は大きくうなずいた。

「そうね。私も、あの作品を展示できてよかったわ！」

それに、と芽衣子は明るい表情のまま、由良の肩に手を添える。

「一色君は、あなただからお付き合いしているんだと思う。なんか、そばにいてホッとするもの」

「え？」

ふふ、と声に出して笑い、芽衣子は立ち上がった。

「市木さん、まゆごもりの設置場所が決まったら教えて。他作品の雰囲気を見ながら、検討しましょう。ああ、そうそう……」

芽衣子は由良から離れて背を向けたところで、思い出したように振り返る。

「昔の一色君だったら、まゆごもりみたいな作品は置かなかったと思うわ。なにしろピックアップしたデザイナーの作品と違うし、合理的な家具じゃないでしょう？　それだけ、彼、柔らかい考えをするようになったみたい。市木さんのおかげかしらね」

肩をすくめた芽衣子は、今度こそ背を向けて談話ルームを出て行く。

それを見送りながら、市木さんのおかげかしらね、という言葉を声に出さずに心の中でつぶやいてみる。

「青さんに私が、影響を与えてる？　いい方向に？」

そう思うと変に顔が熱くなり、手で顔を扇ぐ。赤い顔で仕事はできない。

由良が本当に影響を与えているかどうかはわからないけれど、芽衣子が言うのなら、そうなのかもしれない。

上司としての彼も好き。

恋人としての彼も好きだ。

まだやっぱり、由良にはすぎた人だけれど、この気持ちを大切にしながら、彼と一緒にいたいと思う。

「まゆごもりの配置考えないと」

よし、と心の中で気合を入れ、由良は自分のデスクへ向かった。

6

まゆごもりを置くことを許可されたので、すぐに未來や優馬とレイアウトの相談を始めた。

もちろんそれぞれほかの仕事もあるので合間にだが、夕方には配置場所を決め、上司である芽衣子に提出。

即ＯＫをもらい、三人ともホッとした。

ほかの作品の配置はできているので、当日の細かい打ち合わせと、作品の最終確認をするだけとなった。

そこで今度の展示会の説明などをしたいので、デザイナーに一度会社の方へ来てもらうことにした。

まゆごもりを作った作者は男性で、由良はあまり一人で男性の作家と対面したことがなかった。そのため、緊張しながら彼が待っている応接室へと向かう。

由良が本日会うのは緒方大輔《おがただいすけ》というデザイナー。

美大を卒業後、曲線を生かした美しく実用性の高い家具作りをはじめ、以後少しずつ知名度を上げつつある。

作品は優しさがありくつろぎと安らぎを感じさせるものが多い。現在注目され始めているデザイナーである。

ドアを開けると、すぐに立ち上がったのは背の高い男の人だった。優しげで涼やかな目元が印象的で、シンプルなシャツとグレーのパンツが良く似合っている。

第一印象は、さわやかな青年という感じだった。

「こんにちは、今日はご足労いただきまして、ありがとうございます。市木由良です」

由良は名刺を一枚取り出し、相手に差し出す。

「こんにちは、緒方大輔と言います。こちらこそ、御社の展示会に作品を出させていただきまして、ありがとうございました」

丁寧に深々と頭を下げた彼に、由良は慌てて、そんな、と眉尻を下げる。

「素敵な作品ですから、こちらこそ大変ありがたいです」

由良が言うと、彼はゆっくりと顔を上げ、爽やかな笑顔を向けた。

「そう言っていただけて嬉しいです。僕は今回は見送りと聞いていたので……」

ピックアップしている作家には全員に連絡をしていた。けれど、それがいつの展示会に作品を置くことになるのかは未定なので、コンタクトを取りながら順番にということにしているのだ。

「ああ、はい、そうでしたが……私自身がとても作品を気に入ってまして、置けるように調整しました。……展示する作品は一つだけで、他の作家さんの中に入れ込む形になってしまい、独立して大きく見せられないのは申し訳ないのですが……」

そう言って由良は、緒方に座るように勧めた。ほどなくして社員がお茶を由良と彼の前に置いて出て行く。

一つ呼吸をし、改めて由良は書類を出しながら、口を開く。

「本当に素敵な作品で、室内にさらに癒やしの空間ができる……新しい発想だと思います。またインテリアとしても目立つところが、私は気に入っています」

彼の前に書類を置くと、緒方は嬉しそうに微笑んだ。

「ありがとうございます！　僕もそれを目指していて……疲れて帰ってきた時に、誰もがゆっくりできるような……それでいて、子供がいる家庭には良い遊び場所にもなりそうですし。何より、恋人と一緒に過ごす時間を共有するのに、最適なものを作りたかったんです」

由良は恋人、と聞いてドキッとした。

ウチには置けると言った一色のことを思い出したからだ。

「そ、そうですね。どんなシーンにも合うような、そんな作品ですよね」

前髪に触れながら当たり障りなく思っていることを伝えると、彼は満面の笑みを浮かべた。

「はい。だから、市木さんに僕の作品を置いていただけると連絡をもらって、本当に嬉しかった。ありがとうございます！」

またも深々と頭を下げた彼は、まるでまゆごもりを作った人には全く見えなかった。

とても明るくて、前向きで素直な、そんな感じ。どことなく、まゆごもりにはくつろぎや優しさだけでなく、ロマンチックな甘い雰囲気を感じていた。

だから、いったいどんな人がデザインをしたのかと想像したりしていたが、作った本人からは特別な色っぽさを感じなかった。

「そんな！　顔を上げてください。私たちも、作品を出品していただいてありがたいので。すぐにはお約束できませんが、売れ行き次第ではまたこちらから作品の展示をお願いすることもあると思います。展示会当日には改めてご足労いただきますが、よろしいですか？」

彼は顔をすぐに上げてうなずいた。

「もちろんです。……よかった……市木さんは僕の作品をすくい上げてくれて、作家としてまた一歩進ませてくれた。しかも大きな一歩を」

「そんなこと……」

由良が首を横に振ると、いいえ、と言って彼は由良を見つめる。

「本当にありがとうございます。それに、担当の方がとても可愛い人で、僕は本当にラッキーです」

「えっ？」

とても可愛い人、と言われて、由良は戸惑いつつも落ち着かない気持ちになった。

今まで男性のデザイナーと仕事をしたことはあるが、面と向かってとても可愛いなどと言われたことはなかった。

「あ、ありがとう、ございます」

「市木さん、よく可愛いって言われませんか？」

「あ……いえ、そんなことないです。私はどちらかというと地味な方で……周りもそう思っていると思います」

ぎこちない笑みを浮かべて、髪を右耳にかけながら言うと、緒方は相変わらず由良のことをジッと見ていた。

「じゃあ、地味と思っているその人たちの目は節穴ですね。僕にはすごく清楚で、可愛らしい人にしか見えません。しかもその人が担当だなんて、この仕事をしてよかったなぁ、って思います」

屈託のない笑みでそう言われて、由良は戸惑った。

ストレートに好意らしきものを向けられるのは初めてで、対応の仕方に思わず言い淀んでしまう。

「そう、ですか。ありがとうございます」

無難に礼しか言えない。とりあえず仕事の話を進めようと、由良は契約書を差し出した。

「すみません、お仕事の話に戻させてもらいます。出品の期間は一週間で、こちらがその期間の契約の内容になります。目を通していただいて、印鑑をいただきたいのですが」

緒方は内容を読み始めてすぐに顔を上げ、由良に微笑む。

「市木さん、彼氏はいますか？」

直球で聞かれ、思わず息をのんで目を瞬く。一瞬フリーズしたので、答えるタイミングが遅くなってしまう。

「いないんですか？」

「あ、その……」

由良が言葉を濁したところでノックの音が聞こえた。立ち上がり、はい、と返事をすると、すぐにドアが開いた。

「失礼します。こんにちは、デザイン事業部部長の一色です」

とても良いタイミングで一色が来てくれて助かった。由良はホッとして、大きく息を吐き出す。

今日の一色はライトグレーのスーツを身に纏っていた。ネクタイは深いネイビーカラーで幾何学模様が織り込まれ、とてもセンスが良くてかっこいい。スーツの袖口からはステンレスチールの腕時計がちらりと覗いている。

柔らかな笑みを口元に浮かべて、一色は由良の前にすっと足を進めた。

「デザイナーの緒方さんですね。このたびは展示会に作品を出品していただき、ありがとうございます」

丁寧に頭を下げると、緒方は立ち上がり同じように頭を下げた。

「とんでもない！　こちらこそありがとうございます。チャンスをいただき、嬉しいです。また、まゆごもり、ご購入いただいて、ありがとうございました」

まゆごもりを購入と聞き、由良は驚いて一色をハッと見上げた。もしかして一緒に過ごすために買ったのだろうかと、甘い期待が心の中に広がっていく。

由良の視線に気づいたのか、そうだよ、というように彼は由良を見て瞬きをした。その仕草だけで、由良の心臓はドキドキとうるさい。一瞬だけ、一色と二人でいる自分を想像してしまった。

「顔を上げてください。素晴らしい作品でしたし、誰よりも早く作品を購入できて良かったです」

二人は名刺交換を済ませたあと腰を下ろした。緒方は再び契約書に目を通し始める。

由良は隣に一色がいることにホッとした。彼が見てくれているというだけで安心感があり、心が落ち着く。すぐそばに彼がいることで、あの一色の匂いに包まれているように感じる。

一通り契約書を読み終えたらしい緒方がサインと捺印をしたことで、契約成立となった。

「ありがとうございます。置くのが一作品で申し訳ありませんが、次回に繋がるよう、市木ともども努力していきます。このたびはありがとうございました」

「これからもよろしくお願いします。市木さんともお仕事ができて、嬉しいです」

緒方はにこやかな笑みを浮かべていた。やっぱり爽やかで好感の持てる男性だな、と思った。

一色とともに緒方を見送り、エレベーターに乗り込む時、緒方が思いついたように足を止めた。

「一色部長、でしたよね？　まゆごもり、もしかして彼女さんと過ごすために購入したんですか？」

突然そんなことを尋ねられたので、由良は驚きを気取られないように思わず顎を引く。

「ええ。彼女がいたく気に入ったので、二人でゆっくり過ごすのにちょうどいいかと思いまして。これからもいい作品を期待していますよ、緒方さん」

迷いなく彼女と過ごすために買ったのだと言った。由良は顔を上げることができなかった。間違いなく顔が赤くなっているだろうから。

「そうですか……いや、カッコイイ人が臆面もなくそう言うと、彼女さんはどんな人か気になりますね……」

一色の恋人について聞きたそうな声音だった。しかし一色は、ただ微笑み、それをやんわりとかわす。

「展示会でまた会うことがあるでしょうから。その時まで緒方さんのご想像にお任せします。

時間があれば話す機会もあるかもしれません。気をつけてお帰りくださいね、緒方さん」

残念そうな顔をしてエレベーターに乗り込む緒方が最後に、市木さん、と由良を呼んだ。

「展示会でまた。今度はゆっくり、お話をしたいです。よろしくお願いします」

「……あ、そうですね、時間がありましたら」

当たり障りのない返事をし、一色と二人で頭を下げたところでエレベーターの扉が閉まった。あからさまな好意を向けられるのは初めてで、とても緊張した。途中で一色が来てくれなかったら、失礼な対応をしていたかもしれない。

「部長、来ていただいて助かりました。ありがとうございます」

由良がオフィスに戻りながら礼を言うと、彼は、いいえ、と応えるだけだった。見上げると、ほんの少しだけ微笑みを向けてから口を開く。

「少し話があります。応接室に戻りましょう」

「……はい」

一呼吸遅れて返事をすれば、一色はそれ以上何も言わず応接室へと向かう。

出したお茶はまだ片付けられておらず、ドアを閉めると一色が由良、と名を呼んだ。

「さっきのデザイナー、君への好意を隠していませんでしたね」

応接室は一部分だけガラス張りなので、場所によっては中がよく見える。一色は由良の様子を見て来てくれたのかもしれない。

由良は手にしていた契約書とタブレットをテーブルの上に置く。

「そうですね……私、初めてでどうしていいかわからなくて……未熟な対応しかできなくて」

なんとなく落ち着かない気分で、由良はテーブルの上を片付ける。茶碗と茶托を重ねると、一色は契約書を手にした。

「君を見る目が違ったから来たんですが……来て正解だったみたいだ」

「すみません……上手くあしらえず」

由良はシュンと項垂《うなだ》れてしまった。

「いえ、君はそれでいい。今度、展示会で会うことがあるでしょう。その時はきちんと彼氏がいると言った方がいいですね。真面目そうな人なので、そう言えば君を追いかけることもないでしょう」

どことなく硬い言い方に、由良はほんの少し眉を寄せる。

「はっきりと言うべきでした。すみません、タイミングを計れずに……」

一色は怒っているのかもしれない。由良が緒方に中途半端な態度を取ったことに。

「怒ってないですよ、由良。ただ、君はいろいろ鈍いからわからないだろうけど、今まで君に好意を向けた男は結構いる。……それに君が気づいていないのと、僕がやんわりと遠ざけていたから、君はわからなかったはずです」

「え？」

驚いて顔を上げると、一色は視線を横にやり、大きくため息を吐き出す。

「由良は気づいてないかもしれないけどね。君は可愛くて、一生懸命で、仕事に対して真面目で、笑顔を絶やさない。営業に連れて行くと上手くいく確率が高い。そんな女性を好きになる男がいないのがおかしな話です」

「……あ……私は、そんなこと……」

どう応えていいかわからず、落ち着かない気持ちで口ごもった
「僕はそんな君が好きになったし、今でも好きだと心から思う。だから、他の男が由良に目を向けると、気が気でいられない。部下に手を出すなんて考えられないと思いながら、部長の権限を使って男を遠ざけた時もある……職権乱用もいいところです。馬鹿だと思ってもやめられなかった」

自嘲するような表情を見て、胸の奥がキュッとなる。一色のこんな表情を見て心臓が早鐘のように打つなんて、かなり重症だと思う。

「それが本当なら、すごく、嬉しいです……」

彼に笑みを向けると、一色は視線を落として少し首を傾げた。

「そうかな。してはいけないことをしている気分だった。さっきも部長の立場を使って、牽制《けんせい》して……君には本当に参っていますよ、由良」

抑え気味の声は、まるで自分に言い聞かせているようにも聞こえた。

ここは会社だし、今一緒にいるだけでも何か思われるかもしれない。だから由良は自分の気持ちを抑えるしかないのだ。

一色が好きで今すぐ彼の胸に飛び込みたくても、キスをしたいと思っても。

「君の両親に、そろそろ会いたいと思っている」

「えっ⁉」

由良は突然の彼の言葉に思わず目を瞠《みは》る。

「どうして、急に？」

ドキドキと胸の鼓動がうるさい。上手く言葉が言えたかどうかわからない。

「この前、君の家に初めて行った時、両親の話をしてくれただろう？　あれからずっと考えていた」

たわいのない話だったと記憶していたが、まさか彼がそんなことまで考えていたとは思いもしなかった。彼は由良よりもずっと年上で、そういうこともきちんとしておきたいということは、由良を本当に大事に思ってのことなのだろう。ますます彼の存在が大きく感じられて、心拍数が上がってくる。

「君との将来について考えていないわけじゃないから」

一色は一呼吸おいて由良を見た。その綺麗な眼差しには深い愛情が溢れていた。

「さっきのデザイナーとのやり取りを見ていたら、気持ちが固まった」

気持ち？　と思って、今度は由良が首を傾げる。

「一緒に住みたいと思ってる。だからご両親に会いたい」

一色は少し照れたような顔をした。それを隠すように眼鏡を指で押し上げてから、由良の髪をそっと撫でる。

彼の言葉がじわじわと胸に染み込んで、喜びが湧き上がってくる。それはつまり、由良と将来の約束をしようということだ。

自分の気持ちを今どう伝えたらいいのか。

「一色さん、今日、家に行ってもいいですか？　私、仕事早く終わらせるので……まゆごもり、もう家にあるんでしょうか？」

タブレットを小脇に抱え、一色の手から契約書をスッと取る。それから茶碗と茶托を持ち上げた。

「もちろん。さっきのデザイナーが作ったものだし、ちょっと思うところがあるけど、作品は家に届いている。リビングに置いてあるよ。ラタンでできているから、ウチの部屋とも相性がいい」

ほとんど表情を変えずそう言うと、一色は髪を掻き上げた。

「できるだけ早く行きます。だから、まゆごもりで、ゆっくりしませんか？」

こんな誘うようなこと、言っていいのだろうかと思う。でも、由良は彼が好きで、彼も由良のことが好き。

相思相愛ならこれくらい、と唇をキュッと噛んで返事を待つ。

一色はしばらくじっと由良を見つめたままだった。

「そうですね。君も僕も、明日は出社前立ち寄りにしておきます」

それだけ言い残して一色は踵を返し、応接室を出て行く。

彼の広い背を見送りながら、嬉しくて口元が緩みそうになるのをどうにかこらえた。

早く仕事が終わればいい。できるだけ早く一色の家に行くために、片付けなければいけないことはたくさんある。

給湯室で茶碗を洗いながら、今日のことを考えると胸が苦しいようで、それが楽しみで。

由良は高鳴る胸にそっと手を置いた。

☆

仕事を午後六時に終え、由良はどうにか六時半には退社した。一色は取引先を訪問後、帰宅となっていた。

明日は彼が言った通り、由良はデザイナーと自宅近くで打ち合わせ、午後出社。一色は午前中取引先で打ち合わせ、午後出社になっている。

ＰＣに映し出された予定表を見ただけで、ドキドキが高まっていく。

「あ！　由良ー！　この荷物、発送してもいいかな？」

遠くで未來が由良を呼び、指示を待っていた。由良は企画リーダーなので、チームの一員である未來に指示する必要がある。

「ごめんね！　送っておいて！　ちょっと今日、用事があるから急ぐね」

手を合わせてそう言うと、未來はニヤリと笑った。どこか含みのある笑い方に、由良は下唇を噛む。

「わかった！　じゃあ、また明日ね！」

今日早く帰るということと、一色と由良が明日午後出社になっていることに、未來はきっと気づいている。そしていろいろと妄想するのかもしれない。

しかし、そんなことはいちいち気にしていられない。

恋は盲目というけれど、今まさにそうだと感じている。

だから由良は彼に会いたいという気持ちだけで行動していた。

彼が親に挨拶したいと言ってくれたことを思い返す。あの時、一色は意志のこもった眼差しで由良を見ていた。

きっと両親は一色を見て驚く。

背が高くてイケメンで、今まで彼氏がいなかった由良がどうしてこんなに素敵な人を、と思うだろう。しかも、会社の上司ということにも、驚くかもしれない。

由良は奥手な方だと知っているから、社内恋愛をするとは夢にも思っていないに違いない。

家族の驚きを想像するだけで楽しく、足早に彼の家へと向かう。

一緒に暮らすというのはどんなものだろう。朝から寝るその時まで、ずっと彼を感じていられる。きっとすごく幸せで嬉しい気分になるはず。

一色の家に着くと、玄関先には明かりが灯《とも》っていた。もちろん、リビングにも。その明るい光にホッとし、由良はインターホンを押す。

すぐに玄関を開けてくれた彼は、笑みを浮かべ家の中に招き入れてくれた。まだ帰宅して間もないのか、彼はネクタイを外したシャツとスラックス姿だった。

「思ったより早かったね」

「すみません、会社で、あんな……急な約束」

由良は自分の気持ちばかり押しつけていないか、少し気がかりだった。

靴を脱いで上がると、彼はそんなことない、と言った。

「僕も今日は君と過ごしたかった。それに、年甲斐もなく、嫉妬してしまって……今でも、その気持ちがくすぶっているけど……」

彼がはっきりと「嫉妬した」と、そのまま口に出したことに驚いた。同時にとても意外だった。

よく見ると少し耳元が赤くなっている。なんだかその様子が可愛く思えて、由良は小さく笑った。

「青さんもそんな気持ちになるんですね。でも大丈夫です。私が好きなのは青さんだけだから」

地味で冴えない自分をこんなに好きでいてくれる彼に、愛しさで胸がいっぱいになる。

仕事ではクールで、緒方への態度も冷静で上司として落ち着いていたのに、こんな風に思っていたなんて。

今すぐ抱きつきたい気持ちが強くなったが、彼の口調や仕草は冷静に見えた。大人はみんなこうなのかもしれない、と由良は自分の気持ちを抑える。

彼はゆっくりと由良に視線を向け、由良の髪を撫でてそっと指に絡める。

「君も同じ気持ちだったから、もう、いいかな」

優しい眼差しで眉尻を下げる一色を見て、由良もまた微笑みを返す。

「嬉しいです。ずっと憧れていた大好きな人が、ちょっと男の人と話しただけなのに、その、嫉妬、してくれて……」

「僕は君と付き合うようになって、心が狭くなったよ、由良。君の周りにいる男には、結構嫉妬している」

「そんな！　高崎君にもですか？」

由良が可笑しそうに言うと、一色は穏やかな表情のまま、うなずいた。

「もちろん。前にも言ったと思うけど。同期で異性なんて、危ないことこの上ないですからね」

いつも会社で見るクールな一色が、由良の前で違う表情を見せる。

「そうですか……」

「そうですよ。ああ、そうだ……ちょっと考えて欲しいんですが」

そう言って、由良の腰に両手を回して抱き寄せてくる。

「なんですか？」

由良が首を傾げると、一色はクスッと笑った。

「ご飯にしますか？　お風呂にしますか？　それとも、僕と、愛し合いますか？」

一色が由良の目を覗き込むように額を合わせてくる。

その熱が伝わってくるとともに、彼の匂いが鼻孔をくすぐる。

ずっと彼に抱き締められたくてたまらなかった。だから由良は迷いなく答えた。

「一色さんと、あ、愛し合い、ます」

上手く言えなかったのは、心臓があまりにも高鳴っていたから。

これからすることに、由良の身体は期待をしている。

「どこで愛し合いますか？　ベッド？　まゆごもり？」

「……一番近いところ、で」

「じゃあ、まゆごもりにしましょう。クッションの具合いも確認できますし。たっぷり愛し合いましょう」

身を屈めて由良の耳元で小さく囁く。そうして眼鏡を外した一色は、由良を子供のように抱き上げた。

由良が落ちないように首に手を回すと、彼はそっと顔を寄せて唇にキスを落とす。リビングを歩きながら、何度も啄むようなキスを繰り返した。角度を変え、次第に深まっていくキスに、由良の身体は蕩けるように力が抜けて一色に身をゆだねる。

一色が唇を離して、そっと由良に視線で示した先に、まゆごもりが置かれていた。

由良をまゆごもりの前で下ろし、彼が先に中へ入る。それから手を差し伸べる。由良はその大きな手を取り、中に入った。

ラタンの隙間から入る明かりがほんのりと薄暗く、柔らかい雰囲気を醸し出している。大人二人がやっと身を寄せ合える広さで、いっそう強く香る一色の匂いに、酔ってしまいそうだった。

「私、あの……会社で、一色さんにすごく、抱きつきたかったんです」

由良が顔を赤くしながら言うと、一色は可笑しそうに声を出して笑った。

「僕も君を、抱き締めたかった」

じっと見つめられ、耳の後ろを撫でられる。

由良はそれだけで息が上がり、自然と彼に身体が近づく。

「青さん、好き」

そう言うと、一色は由良の頬にゆっくりと口づけた。

「僕も好きだ、由良」

一度目を伏せてからこちらを見る彼の綺麗な瞳は色を湛え、由良を熱く求めていた。

由良はゆっくりと自ら彼に唇を寄せる。

小さくキスをすると、彼がフッと笑う。

「君からのキス、すごく、興奮する」

彼の大きな手が服の上から由良の胸を覆った。

そのまま身体が押し倒され、一色の重みを受け止める。彼の前髪が由良の頬をくすぐった。

心地よい重みに、由良の下腹部に甘い疼きが走る。

「今日は、君を何度も抱きたい」

シュッと音がして由良のスカートからブラウスが引き出され、ブラのホックを外される。

「あ……」

ブラウスの下の肌に手を置かれ、肌をたどる彼の熱に息をのむ。直に胸を揉み上げる大きな手を感じながら、由良は快感に背を反らせた。

7

応接室で応対をしている由良と緒方を見ていて、青はチリッと胸が焼けるのを感じた。

明らかに緒方は由良に好意を持っている様子だった。由良はその好意に戸惑うような表情を見せていた。

彼女のそういう顔も何もかもが自分のものなのに、という思いが青の中に暗い影を落とす。その影の正体は嫉妬で、否が応でもそれを自覚せずにはいられなかった。

青は自分の大人げなさを感じる。

彼女を縛るものは何もないはずなのだから、自分のもの、と言う資格はない。

確固たるものが欲しくて、気づくと由良の両親に会いたいと口にしていた。一緒にずっといたい気持ちが強くなったのだ。

今まで青は恋愛をしてきたようで、していなかったのだろう。そう感じるほど、由良の周りの男には狭量になってしまう。

逆に言うなら、この先、ここまで好きだと思える人と出会えるとは思えない。由良といると心が穏やかになり、彼女の笑顔を見るととても幸せな気持ちが溢れてくる。

由良を大切にしたい。将来を誓い、ともに生きていたい。

いずれ本社に行くことになるだろうから、その前に一緒に暮らしたい。

だから、由良を、いつも二人の時は彼女のすべてが欲しくなってしまうのだ。

ふとした拍子に見える彼女の白い肌にどうしようもなく興奮する。由良の潤んだ瞳に、欲望が膨らんでいった。

服を脱がせたその下にある肌のぬくもりを手のひらで感じる。それだけで下半身が熱くなっていく。ささやかだが、形の良い乳房に青は唇を寄せ、食むようにゆっくりと愛撫した。

「あっ！　あぁ……っ」

甘い声が耳に届き、艶やかな吐息が肌をくすぐる。

由良が選んだ緒方の作品、まゆごもりの中はほの暗い。ラタンの隙間から入ってくる微かな光が、より快楽に染まる由良の身体を引き立てていた。

柔らかい光が二人を包むそこは、世界から切り離された二人だけの空間。ただお互いだけを感じて思いを伝え合うのだ。

どれほど青が由良を求め、欲しがっているか。

青は高まっていく欲望を隠さず由良にぶつけようとしていた。

由良の服を全部脱がし終え、乳房から唇を離し、彼女の生まれたままの姿を上から見下ろした。

「君は綺麗だな」

「そんなこと……」

つぶやくように言うと、由良が遠慮がちに顔を横に向けた。

「僕は、君を綺麗だと思う。心も身体も引きつけられて仕方ない」

青は、自分は未熟だと思う。由良を前にして、ただ繋がるセックスをしたいと考えているから。

愛しい由良の身体を思うまま抱き、欲をぶつけ、自分の熱い滾《たぎ》りを突き立てたいと思う。由良は青が愛撫もほぼしないで繋がることを許すだろう。それがわかっているから余計に未熟だと感じるのだ。そんな好き勝手は許されることではない。

「由良、濡れてる？」

シャツを脱ぎダイレクトに尋ねながら、彼女の下半身に手を伸ばす。指先で彼女の身体の隙間に触れると、そこはしっとり潤んでいた。

何度か撫でるように繋がる部分の少し上、尖った部分と一緒に愛撫すると、微かな水音が狭いまゆごもりの中に響く。

「青さ……っあ！」

二人の息遣いと由良の入り口から聞こえる音が、ますます青を高めていく。

甘い声も青の下半身を刺激した。そこは熱を感じるとともに痛いくらい張り詰めている。

青は下着とパンツを同時に下げ、あらかじめまゆごもりの中に置いていたコンドームを着ける。

以前、いつもこうやって用意周到に避妊具を使うから嫌いだ、と言われたことがある。正直そんなことを言われる筋合いはなく、男の義務を果たしているだけ、と言って終わらせていた。けれど由良は青が初めての相手だからそんなことを言わない。言わないが、どう思っているのだろうと気になる時がある。

いろいろと気を回しすぎている自分を、彼女はどう見ているのだろう、と。

「もう入れたいけど、いい？」

青は考えを打ち消し、由良の耳元に唇を寄せて尋ねる。

由良は青の言葉にうなずいて、腕に触れてきた。

「ゆっくり、してください」

「それはもちろん」

そう言うと由良は首を振って、腕に触れていた手を伸ばし、青の頬に触れる。

「いつも、青さんは優しいです。もっと……私を欲しがって」

赤い顔をさらに赤くしながら言った。

まるで青の暗い心の内をわかっているかのような言葉に、胸の奥が熱くなる。由良は青のただ一人の女なのだ。

「ありがとう」

由良の身体に覆いかぶさり、そっとキスをする。右手で由良の足を開かせ、腰を近づける。性急に入れたい気持ちをどうにか抑え、青を受け入れるそこへ熱く滾った自身を宛てがった。ゆっくりと由良の身体を押すように自分のモノを入れると、柔らかな内部は締めつけながら青を受け入れていき、すぐにすべてが埋まった。

あまりにも気持ちよくて青はやや背を反らせた。自分の身体と彼女の身体の境がなくなり、ひとつになったような錯覚を感じる。

「ああ……すごくいいよ」

快感に堪えながら、大きく息を吐き出す。由良の中は青をきつく、優しく、包み込む。

由良は涙で瞳を滲ませて青を見上げていた。その顔があまりにも可愛くて、そっと彼女の前髪を掻き上げ、額にキスを落とす。

「君も気持ちいい？」

「……っ、は、はい」

艶やかな息をこぼす由良の唇に、身を屈めて唇を重ねる。するとすぐ迎え入れるように開かれて、青は舌を腔内に潜り込ませ、お互いの舌を絡め合う。

「ん……んんっ」

まゆごもりの中は狭いので、由良の堪えるような小さな喘ぎ声すらもよく耳に届く。二人だけの空間で、青の欲望はますます膨らんでいった。

両肘を由良の顔の脇につき、わずかに自身を引きまた押し込むと、堪えきれず由良が唇を離して甘い声を漏らした。

「ん……っあ」

もう一度ゆっくり腰を動かすと、先ほどよりスムーズに動く。

青を受け入れるために由良は自分の身体を変化させた。それが愛おしいと思う。

「濡れが増しましたね」

笑みを浮かべてそう言うと、頬を桜色に染めて小さくうなずいた。

「だって青さんだから。青さんとじゃなきゃ……こうなりません」

可愛いことを言う由良に、下半身の疼きが増した。

青はゆっくりと断続的に、由良の白く細い身体を揺すり上げる。

「は……あっ」

甘い声に煽られ、次第に青は身体を動かす速度を上げる。狭いまゆごもりの中はみるみる濃密な空気になっていった。

「僕も、君だから。こんなにも興奮して、君とひとつになりたいと思ってしまう。こんなこと、初めてだ」

気づくと、由良の身体を自分の思うままに揺さぶっていた。時々、円を描くように腰を揺すると、由良は快感に堪えるように唇を噛み締めて、いい反応を見せてくれる。

濡れた音と肌がぶつかる乾いた音が耳に響き、青は自分の快感を追っていた。柔らかな胸が上下に揺れるのを見て、手を伸ばし揉み上げながら尖りを摘まむ。

「ダメ……そんな、触らな、いで……っあ！」

由良の反らした背に手を入れ、身体を起こし、ピタリと抱き締める。そうすると由良の重みでいっそう奥まで届き、締めつけが強くなる。

そのまま由良の頭に手を回して深く口づける。舌を吸うと、由良は鼻にかかった甘い声を喉の奥から出した。

「あ……はぁ……んっ」

由良がこんな声を出すのは自分との行為の時だけ。もっと由良を感じたくて快感に染まる由良の顔を覗き込んだ。

「由良、好きだ」

汗ばんで頬に張りついている彼女の髪を耳にかけてやる。自分も汗で濡れているだろう。それだけ彼女に夢中になっている。

身体をもう一度横たえ、片足を抱えて揺すり動かす。奥へ奥へと自身のモノを届かせると、二人の繋がっているところから激しい水音がする。

ない。

こんな風に前戯もほとんどせずにするなんて、由良だけだ。それくらい欲しくて我慢がきか
青も限界だった。

「いいよ、イって」

「青さ……っも、う……っあ！」


だから、どうしても嫉妬してしまう。彼女が青しか見ていないとわかっていても。

「あっ……あぁっ！」

由良が達したのを見て綺麗だと思った。上気した肌が扇情的だった。白い喉を青の前で無防
備にさらし、ビクビクと震えて青を締めつける。

快感を極める由良の様子にたまらなくなって、青は歯を噛み締めて由良の奥を強く突き上げ
た。

「青さ……っん、もう、ダメ、です……あぁ……ん」

「締めつけてきますね、全く……君は、いつも僕を、夢中にさせて……っ」

由良の身体が青のモノをきゅうきゅうと締めつけてきて、得も言われぬ快感が身体中を駆け
巡る。

「由良……っ、くっ……」

青は彼女の一番深いところを突き上げ、達した。

背を反らし、最後に腰を強く押しつけ、何度か細い身体を揺らす。

汗ですっかり濡れた髪を掻き上げ、自分とまだ繋がったままの由良を見る。

由良はぐったりとしていたが、ゆっくりと目を開け何度か瞬きをして青を見た。その揺らぐ黒い瞳の美しさに誘われるように、彼女の目蓋にそっとキスをし、そのあと唇を軽く啄む。

「青さん……私、感じすぎておかしくなりそう」

それはこっちのセリフだ、と青は思った。

最近は結局強引に抱いているような気がする。それを受け入れる由良が愛おしく、快感に喘ぐ様子に煽られ、欲望のまま抱いてしまう。まだ、シャワーを浴びさせてあげていないほどに。

「それは僕の方だよ」

彼女の下腹部を撫で、ゆっくりと自身を引き抜く。

濡れた音を立てて彼女から出た愛液が、ほんの少し糸を引き滴り落ちた。

「そんなこと……いつも、青さんは……私を、良くしてくれ、ます」

顔を赤くして横を向く様が可愛い。まゆごもりの中の柔らかい光が、由良のそういう仕草をより色っぽく見せていた。

「そうかな……いつも君を抱く時は、大人げないと思うよ」

息を整えるように深呼吸すると、青はコンドームを取り、まゆごもりから出ようとした。しかし、由良が引き留めるように手を伸ばす。

「私は、それが、嬉しいです。いつも私、青さんから愛されているって、実感できるし……それに……」

由良は一呼吸おいて、意を決したように赤い顔を青に向けた。

「いつもクールな人が、私で熱くなってくれるの……見ていてドキドキします。……この人も、気持ちよかったんだ、って」

由良はまた顔を横に向け、両手で顔を覆う。

青は自分の手にある欲望の証を見て、照れくさい気持ちになりつつ、自然と笑みを浮かべた。

「ごめんなさい……変なこと言ってますね、私」

耳まで赤くなっている様が、可愛くて、つい口元がほころぶ。

「由良、ダメですよ、あまり可愛いことを言うと」

耳にキスをし、顔を覆う手にもキスを落とすと、彼女は青を見上げてくる。

「食事抜きでまたやってしまいそうになる。僕はそれでもいいですが、どうしますか？」

由良はううっ、と唸って下唇を噛む。

「それにね、僕は君とすると気持ちいいし、熱くなってしまうのはしょうがない」

「……はい」

小さく返事をした由良の頬を撫でて微笑む。

「ところで由良……僕はゴムを捨てに行きたいし、君との食事を用意したいのですが、いいですか？」

由良ははっとしたように青の腕を離した。

「すみません」

「いいえ」

青はシャツを羽織りながら、使ったゴムを捨て、ティッシュボックスを手に再度まゆごもりの中に入る。

由良の足を開かせると、身体に力を入れて閉じようとしたが、そのままティッシュを足の間に宛てがった。

「あ……っぅ」

身体がビクリと反応し、彼女の胸の先端が尖る。

行為をしたあとの敏感な身体に、全くもう、と青は一度目を閉じて息を吐いた。

「由良、もう一度？　それとも、ご飯？」

心の中でもう一度でも構わないけれど、と思いながら彼女を覗き込むと、いつもの返事だった。

「ご、ご飯、で……青さんが、触ったから、なんか、変な声、出ただけですから」

由良の言葉に青は笑みをこぼす。

「そうだね。僕が触ったからですね……じゃあ、ご飯のあとに」

その提案に小さくうなずいた由良は、青の頬に触れた。

「服、着ます、から……あの、離れてくれないと、私、気持ちが切り替えられないので」

そう言って、服で胸元を隠す仕草が青の心を刺激するけれど。

自分も気持ちを切り替え、まゆごもりを出る。

「ダイニングで待ってます」

「はい、すぐに行きます」

返事をした由良の声がまだ官能の余韻を残していた。

ダイニングに向かいながら、青はため息を吐く。

「いったいどこまで夢中にさせるのか……いい年してるっていうのに」

若い盛りというわけでもないのに、と思ったところで青はふと気づいた。

「タバコ、吸ってないな」

髪を掻き上げて可笑しくて笑った。由良といると禁煙できるかもしれない。

それでもなんとなく吸いたくなって、キッチンの換気扇の下で吸ってみる。

しかし二口だけ吸って、結局灰皿に押しつけた。

由良がダイニングに来たのはちょうどその時。軽くフレグランスを服に吹きつけると、彼女がそばまでやってきた。

「良い匂いがします……青さんのタバコと、フレグランスの匂い」

さらに近づき、青の服に鼻を寄せる。それから黒い目で見上げられ、自然に彼女の唇にキスをしていた。何度か唇を吸い離すと、由良は赤い顔をして小さく喘いだ。

「……私、青さんの匂いで、いつもダメにされそうです……」

キュッと抱きついてこられて、青の理性は崩壊しそうになり……。

「ご飯にすると言ったのは、君でしょう？」

由良の頬を両手で覆い、顔を上げさせる。

先ほどとは違う本格的なキスを仕掛け、服の上から胸を揉んだ。柔らかい感触に、抑えた熱が再燃し、彼女を抱き上げる。

「君が悪いよ、由良」

青はそう言って、今度は寝室へ由良を連れて行く。

由良は何も言わず青の首に両手を回し、甘えるようにしがみついてきた。

「もう、どっちでも、いいです……」

青もまた同じ気持ちになっていた。二人で顔を見合わせて、小さく声を出して笑い合う。

由良をベッドに下ろすと同時に覆いかぶさり、今度はたっぷりと彼女の身体を堪能したいと思う。

「君をもっと、感じさせないといけませんね」

由良の喉元に唇を寄せ、痕がつかないようにキスをしながらブラウスの下に手を入れる。

夜はまだ長く、彼女の身体をじっくりと開く時間はたくさんあるのだから。

☆

由良と濃厚な時間を過ごした翌日。

出社前立ち寄りにしていたが、由良より早く家を出て午前十一時前に出社した。

時間をずらすためにそうしたのだが、結局はそれでよかったと思った。昨日はなかった急ぎの書類がデスクにあり、話を聞きながら書類の裁可をしなければならなかった。

また、展示会に出品する物が届かないかもしれないというトラブルもあったが、運送会社に増車の手配をすることでどうにか回避することができた。

「部長の出社が思ったより早かったので良かったです。私たちじゃ無理でしたよ〜」

そう言ったのは由良と同期の来栖未來だった。彼女は由良の良い相談相手でもあり、親友という感じだ。

今は彼女の先輩にあたる社員の仕事を手伝っていて、発生したトラブルの電話対応など忙しくしていた。

「そうかな？　君たちならできると思うけど……手伝ってくれてありがとう、来栖さん。助かりました」

「部長が来るまで私たち結構テンパってましたよ？　部長が的確に指示してくださって助かりました。こちらこそありがとうございます」

ペコリと頭を下げる。

彼女は礼儀正しく、明るく、美人。男性社員にも人気のある女性なのだが、今は誰とも付き合っていないようだ。由良からもそんな話は出たことがない。

「ところで、君たちの企画は進んでいますか？　森本からは、レイアウトをもう少し待って欲しいと聞いていますが」

「はい！　レイアウトが少し……まゆごもりのテイストが他のデザイナーさんと違って、ナチュラルなので、どう配置しようかと考えています。でも、ほぼ決まりつつありますから、今日中には……由良……っと！　市木さんが来てから提出します」

名前で呼び合う仲なのは知っている。それだけ親しいのは良いことだ。青はただ微笑み、うなずいた。

「わかりました。待っています」

背を向けようとしたところで、部長、と呼び止められた。

「なんですか？」

「あの……市木さんは、どこに立ち寄りなんでしょう？　場所は、中目黒《なかめぐろ》、となっていますが……確かに中目にはデザイナーさんがいますけど……」

そっと上目遣いで、含みのあるような言葉で聞いてくる。

たぶんわかっているんだろうな、と青はクスッと笑って答えた。

「昨日は、実際にまゆごもりの現物を見るために中目黒に行ったそうですよ」

彼女は綺麗な形の目をパチパチと瞬きさせて、小さく何度もうなずいた。

「そう、ですか……それは、いい体験ですね……その家は、じゃあ、結構広いんですね……まゆごもりが置けるんですから。っていうか、もう購入されているんですね」

「そうだね。その家の人は、彼女が欲しいと言っていたのを聞いて購入されたそうですよ。泊まりでまゆごもりを堪能したでしょうから、良いレイアウトを期待しています、と市木さんに言っておいてください」

未來はほんの少しプクッと頬を膨らませ、今度は深く、一度だけうなずいた。

「いいなぁ、羨ましいです！　これはもう、完璧なレイアウトを市木さんに作ってもらわないと、収まりませんね！　優しいなぁ、その家の彼氏さん！　そういう人が私にもいたらなぁって、思いますよ！」

やや怒ったような口調に、青は眼鏡を押し上げて言った。

「来栖さんは美人なので、その気になればすぐでしょう？　じゃあ、レイアウトの提出、待ってますから」

青は今度こそ、彼女に背を向け自分のデスクへ戻った。

先ほどのトラブルの後始末をしないと、と思いながらパソコンを開く。

思えば青は未來のようなタイプの人とも付き合ったことがあった。未來とは性格は全然違うが、美人で背も高く、お似合いだと言われたりもした。

しかし、それだけだったんだな、と一人で小さく苦笑する。

由良のことは部下だからと気持ちを抑え、片思いしていた。そもそも、片思いなんて、由良以外にはしたことがないのだ。

遠くから由良、と呼ぶ未來の声が聞こえた。出社したのがわかり、ホッとしたような温かい気持ちになる。

由良の顔を見たいという思いを抑えながら、青は小さく息を吐き出した。

8

「由良、昨日は部長とお泊まりだったでしょ？」

レイアウトをどうにか考えメールで送るだけとなったその時、未來がそっと耳打ちしてきた。誰かに聞かれているかも、と慌てて視線を泳がせるが、皆忙しく仕事していた。

「未來、そういうこと……こういう場では……」

「わかってるよ。例のまゆごもりの件で話があるから、ちょっと会議室に行かない？」

先ほどまで拗《す》ねていたようだが、由良のお泊まりを知ってしまったせいか、となんだか納得する。

やたらと、由良はいいなぁ、と言ってくるので不思議に思っていた。そんな拗ねて見せる未來は美人なので、彼女がその気になれば彼氏なんてきっとすぐできるだろう。

会議室に着くと、未來は先に椅子に座って、書類とタブレットを開いた。

「ちょっと、思ったことなんだけど……まゆごもりのスペースは、少し入れ替えていい？　レイアウトを大きくいじるんじゃなくて、左右のスペースを入れ替える。で、まゆごもりの担当だけど、由良が選んだデザイナーの作品で申し訳ないけど、私が担当やっていい？」

同じチームで内容をよくわかっている未來が担当することに対して異論は全くない。

「それは、全然大丈夫。未來がやってくれるなら安心できるし」

しかし、なぜそんなことを言い出したのか、と由良は首を傾げた。

それがわかったのだろう。未來はふう、と息を吐いてから口を開く。

「なんかね……今日、午前中、まゆごもりのデザイナーの応対をしたんだけど……なんかさぁ、やたらと由良のこと聞かれてね……当日は市木さん担当だったら嬉しい、とかなんとか……由良狙われてるなぁって……」

「え？　そんなこと……」

確かに、緒方に気に入られている自覚はあるが。

「あ……でも、可愛いって言われて、彼氏いますか？　って聞かれたけど……」

思い出したように言うと、未來は眉間に皺を寄せた。

「もうっ！　それ早く言ってよ！　なんかね……マジ狙いっぽくて、私の感じた印象が軽くてイマイチだったから。まぁ、由良には部長がいるから、大丈夫だろうけど、次に彼氏いるかって聞かれたら、います、って答えなよ？」

こういう時、どういう態度を取るのが正解か、よくわかっていなかった由良だけど、未來の言うことはもっともだ。ましてや一色に迷惑をかけるわけにはいかない。

「ごめんね、私、鈍感すぎて……緒方さんには、きちんと言うつもりだから」

「由良のそういう、純なところ私は好き。私が男だったら、部長と張り合うかもしれない」

またそんなことを、と由良は顔を赤くするしかない。

「ま、とにかく、あのデザイナーには気をつけて。それから、部長と仲良くするために午後出社とか羨ましい。部長って、そういうことする人だったんだ、って意外だった」

自分の後れ毛を触りながらそう言ったのを聞き、由良は顔を上げる。

「部長って、もっとクールな人だと思ってたけど……いや、ちゃんとクールなんだけどね、溺愛系でもあったのかな、って再認識」

「溺愛!?」

さらに顔が赤くなるようなことを言われ、由良は顔を覆う。

未來の言葉に、いろいろ思い当たる節がある。

一色はいつも由良を甘やかしてくれる。ご飯をいつも作ってくれて、まるで自分が何もできないような感じだ。それにムッとすることもあるが、結局はその甘さに心地よく浸っている由良がいる。

「違うの？」

「……そうかも」

「そのうち、同棲なんかしちゃったりしてね……ゆくゆくは結婚、とか？　部長のあの感じだとそういう匂いしないけど、由良を見てるとリアルにそう思うのよね」

なんとなく未來がニヤニヤしている気がして、由良は何度も瞬きして、火照る頬を手で隠す。

「同棲、ってどう思う？　結婚前にするって、どうなのかな？」

「そういう話出たの？」

あからさまに聞き返され、ウッと詰まったものの、由良はコクリとうなずく。

「一緒に住まないかって、言われて……」

幾分、視線を逸らしながら言うと、未來はみるみる顔を赤くした。

「きゃーっ!!　それってマジなやつ？」

未來は口元に両手を当て、赤面したまま椅子を回して、クーッと言った。

「なんて甘い話なの!?　いいなぁ、それ！　イケメンと同棲！　絶対するべき！」

未來は断言した。由良も彼と一緒に住むことに同意しているけれど、不安もないわけではない。

「私、初めての恋がこんなに上手くいってることが、ちょっと怖い。好きな人と一緒にいることができるのは幸せで、これがずっと続くといいけど……」

由良が気持ちを吐露すると、そっか、と言って未來は少し考え込む仕草をする。

「一色部長と由良は、ずっと続くと思うよ。私は、部長が由良の目が好きだと言ったって聞いた時、本当にちゃんと見てるんだな、って思った。それに、最初批判したけど、社員との付き合いにどこか一線を引いている人が、部下と酒の過ちみたいな感じでやっちゃうとは思えない。私、部長が由良に本気なんだ、って思ったよ？」

だからさ、と未來は由良の頭を撫でた。

「いいじゃない、怖いかもしれないけど、上手くいっているのは事実だし。それにさ、一緒に住んだら意外な部分も見えてきて、それが積み重なってますます好きになることもあると思う。これは、友人の体験談の受け売りだけどね」

いたずらっぽく笑った未來に、由良もまた笑みを向ける。

「ありがとう未來。いつも大人な未來に、私、助けられてる」

「由良だっていつも仕事で助けてくれるし、話聞いてくれるじゃない」

由良が小さくうなずくと、未來はまた口元に手を当て、顔を赤くする。

「ああ、でも、ヤバイ！　あの一色青の日常をずっと見られるなんて！　同棲リポート待ってるからね！」

由良の手を取り、熱く握る。

「えっと、でも、恥ずかしくてあまり話せないと思うから……」

「どんな感じかだけでいいの。私もそうなることがこれからあるかもしれないし！」

なんとなく、由良より未來の方が楽しそうに見えた。

それを見て少し声に出して笑って。

恋をして、未來との付き合いがより濃厚になった気がする。

由良は初めての恋が一色のような素敵な人で、また彼との交際によって、少しずつ変わっていくことができた。

一色が引っ張り上げてくれるのもあるが、未來との関係もまた、由良の人生に深みを与えているのだ。

☆

一色と一緒に暮らすことを決めたその翌日、由良は彼から鍵を渡された。

それは受け取った書類のファイルに入っていて、白いA4用紙に張りつけられていた。

『なくさないように。　A』

ただ一言だけのメッセージ。それから、A、というイニシャルが一色のファーストネームを示すことに、心臓が跳ね上がった。

直接の手渡しではないが、仕事にかこつけて渡してくれたことに胸がドキドキする。

いかにも社内恋愛っぽくもあり、これから同棲をすることへの一歩が感じられ、由良は幸せを噛み締めた。

同時に一色との日常はどんなものかと想像し、知らず笑みを浮かべる。どこかくすぐったくもあり、由良は仕事中だというのにしばらく一色との同棲のことばかり考えていた。

鍵を渡されたということは、いつでも彼の家に行っていい、勝手に入っていいよ、ということだ。

それがあまりにもリアルで、幸せな気持ちで胸がキュッとなる。

普段家で一人で過ごす彼はどうしているのだろうか。外に出て映画など見るのか、それともアクティブに動いているのか。

ほどよく筋肉の付いた彼の身体から想像するに、きっと運動は定期的にしているはずだ。時々だが、ランニングシューズが玄関に揃えて置いてあるのも見たことがある。

もしかしたら由良の知らないところでいつも走っていたりするのかもしれない。

そういう一面を想像するのも、どこか楽しい気分だ。

由良は彼にメッセージを送信し、数日分の着替えを持って、一色の家へ行く旨を伝える。

ほどなくして返信が来て、今日は遅くなるかもしれないことと、楽しみにしているという文面が返ってきた。

『今日は会議のあと取引先に行く予定があるので遅くなります。由良の方が先に帰っているかもしれません。君が出迎えてくれると思うと、楽しみです』

彼のメッセージを見て、由良は顔を赤くするが、いけない、いけない、と深呼吸する。

彼の家に行くことを決めて、どうにか仕事を片付け、急いで自分のアパートへ帰る。

ある程度の荷物をまとめ、洗面道具やメイク道具などを大きな旅行バッグに詰め込んだ。こういう時スーツケースがあると便利かもしれないと、今度購入を検討しようと考えた。結構重たくなってしまったバッグを持ち、由良は電車に乗って彼の家へと向かう。家に着いたらまずは服を出して仕舞う場所を考える。

一緒に住むのなら、由良の収納場所も必要だ。

歯ブラシは新品と、うがい用に使うコップを持ってきたので、それは洗面台に、と考え始めたところで、由良はもうすでに彼の家に自分の物を置く場所を決めようとしていることに気づく。

どこかくすぐったい気持ちと、楽しい、嬉しい気持ちがせめぎ合う。

由良は、彼がいつも立ち寄っているスーパーで買い物をし、今日は自分が夕飯を作るつもりで、シチューの材料を買ってきた。最近は肌寒い時もあり、温かい物が恋しい季節になってきたからだ。

キッチンの包丁の場所は把握しているし、鍋も一色が片付けているのを見ていたので、わかる。

慣れない台所でどうにかシチューの材料を切って、煮込み始めた。あくをすくっているところで、玄関が開く音が聞こえ、由良は弱火にしてそちらへ向かう。

出迎えた由良を見て、彼は微笑んだ。

「ただいま、由良」

「あ、お、お帰りなさい、青さん」

ただお帰り、と言っただけなのに鼓動が激しくなる。

こんなやり取りがこれから続くんだと思うと、やっぱりくすぐったくもあるが幸せを感じる。

「いい匂いがする。何か煮込んでる？」

「そうなんです。最近肌寒くなってきたからシチューを……青さんのことだから、食材いろいろあったかもしれませんが、私が作りたいと思って」

由良が言うと、彼は靴を脱いで家に上がった。

「そうか、楽しみ」

彼はそのままキッチンへ向かい、首を傾げる。

「主食どうする？　ご飯？　パン？」

一色に聞かれ、由良はしまった、と思った。

ご飯も何も用意せず、ただおかずだけ作ってしまったようなものだ。

「すみません！　私、うっかり……そうですよね。ご飯かパンがいりますね！」

慌ててキッチンを見回すと、一色はクスッと笑った。

「いいよ。慣れない台所って使いにくいでしょう？　お米は僕が炊きますから。あと、もう一品作っていい？　早く使わないといけない野菜があって」

そう言って寝室がある方へと行ったあと、すぐにキッチンへと戻ってくる。一色はスーツから普段着になっていた。

「着替え早いですね」

由良が瞬きをして言うと、彼は笑った。

「お腹空いてるから早く作ろうと思って。由良、シチューはそろそろルーを入れてもいいかもしれない」

彼から言われ、鍋の様子を見る。ほどよく煮立っていて、由良はちょっと焦ってルーを入れた。その様子に一色は、ゆっくりでいいよ、と言ってくれた。

料理を作るのは由良よりもかなり上手な彼なので、全くできないわけではないけれど、彼を見習って手際よくできるよう努力していきたい。

「料理がきちんとできるようになりますね、私」

決意を新たにそう言うと、彼は首を振って由良を見る。

「それもいいかもしれないけど、僕はこうやって二人で作るのもありかな、と今思いました。分担して作るのも、楽しそうだ」

それは確かに、と由良がうなずけば、彼はにこりと微笑んだ。そうして手際よく米を研いで、無水鍋で炊き始める。

次に野菜室から野菜を取り出し、これもまた手際よく切ってしまうと、鍋を取り出してコンロに火をつけ、オリーブオイルで炒め始めた。次に水とコンソメを入れ、冷蔵庫から取り出したのはトマトソース。

「それって、なんですか？」

「ああ、ラタトゥイユ風の煮物？　トマトソースを使うと簡単なんです。しかも残り物の野菜でできるから、わりとよく作る一品。二、三日だったら保存もきくので、少し食べたい時にはちょうどいいんです」

由良が思い浮かべるラタトゥイユはトマトのホール缶を使って作るものだ。でも、トマトソースの方が美味しいだろう。

「いいですね、簡単で」

「そう。僕の料理は手が込んでいるように見えるけど、味付けは簡単」

そう言っている間に、鍋がカタカタいい出したので火を調節する。

「青さんと一緒に作ると、料理を覚えてしまいそう」

思わず口から出た由良のつぶやきに、彼はほんの少し声に出して笑い、そうかも、と言った。

そうこうしているうちに、あっという間にご飯とラタトゥイユが出来上がる。さすがだなぁ、と思いながら見ていると、彼は皿を取り出し、これもまたあっという間に食卓に並べてしまった。

「もう少し手際よくなりたいですね」

箸とスプーンを渡され、由良は椅子に座り、一人反省する。

「慣れない台所だと作りにくいからね。慣れたらどうってことありませんよ」

「そうですか？」

「そうです。これから君の手料理を食べられるのも、楽しみだ」

一色の言葉で一気に由良の気分は上がってしまう。

いただきます、と言って二人で食べ始め、ふと思ったことを聞いた。

「ウチの父は、シチューはおかずじゃない、って言って、もう二品くらいおかずがいるんですよ。一色さんはどう思います？」

「僕はシチューとごはんは合うので、立派なおかずだと思います。それに、一人暮らしが長いから、そういうのは特に気にならないかな。ウチの父はなんでも食べる人だったしね。朝はカップスープにご飯を入れて食べたりしてた。あまり味がわからない、バカ舌の持ち主だったな」

思い出したように話し出す一色に、彼の父親のことを初めて聞いたな、と由良は嬉しくなった。

一緒に住むと、こんな幸せもあるんだな、と感じた。こうやって家族のことを話す機会もずっと増えるだろう。

「鍵、受け取ってくれてありがとう」

一色が優しい目をしてそう言った。

こういう時の彼の目は、なんだか直視できない。ドキドキと心臓が高鳴ってしまう。

美形な一色の優しい表情はずっと見ていたいと思う反面、目に毒。けれど、一緒に住むのだからこれにも慣れないといけない。

「君のお父様にも、できるだけ早めに、きちんと挨拶しないとね」

「え？」

「こうやって一緒に住むことにしたし、君にはずっとそばにいて欲しいから」

ずっとそばに、という言葉が胸に染み入る。

決定的には言わないが、未来を約束したようなものだ。

「今度、良ければ調整してくれるかな？」

少し首を傾げて尋ねる一色の表情はなんとなく照れたような、そんな顔をしていた。

「はい」

由良は返事をするのが精一杯で、シチューを口に運ぶ。

「由良、いつにしようか？　展示会が終わってすぐの週末はどうかな？」

「父は会社員なので週末がいいと思います」

「君のお父様は、何が好きかな。手土産持参しないといけないな。何かお勧めはある？」

本当に挨拶に来てくれるんだ、とじわじわ実感が高まる。嬉しい気持ちとともに一色のぎこちない感じが意外で、こういう顔もするんだ、となんだか面映ゆい。

同時に彼の本気度が強く伝わってくる気がした。

「ウチの父は甘いものが好きですよ」

「そうか……だったら、和菓子がいいかな」

彼は照れたように、そして可笑しそうに肩をすくめて笑った。

「こんな話をするのは、もっと先かなと思ってました」

感慨深く言う彼に由良も微笑みを返した。

「私も、憧れの人と付き合って、その……結婚の話が出るとは、思いませんでした」

それからしばらく沈黙し、見つめ合う。

「出会えてよかった」

彼がそっとテーブルの上で腕を伸ばし、由良の手を取り自身の手を重ねる。

その声はどこか深みを帯びていた。

「私も」

迷いなく言うと、一色は箸を置いてまっすぐに由良を見つめてから、少し目を伏せる。

「ただ、いなくならず、そばにいて欲しい」

その言葉は深く強く由良の胸に響いた。そして思い出す。彼の両親がある日突然事故で一度に亡くなってしまったことを。

一色は一人っ子と聞いている。親戚付き合いはよくわからないが、とても薄いように感じた。急に一人になったように話していたことからも、関係性の弱さを感じる。

一度失った喪失感は、彼の中に拭えない傷となって残っているように窺えた。

「私は、ずっとそばにいますよ」

すんなりと出てきた言葉。由良は彼より若いので、彼より先にいなくなることなんて、まずないはずだ。

一色に憧れていたころは、こんなことを言おうものならば赤面しただろう。今でも、胸の奥に溢れるような熱があり、たぶん顔は赤くなっていると思う。

けれど、とても言いたくてたまらなかった。自分の気持ちを伝えたい。

ずっとそばにいる。一色の隣を歩いていきたい。

「ありがとう」

優しい眼差しで言う彼の言葉が胸にじわじわと染みる。

これからも彼と一緒に温かいご飯を食べ、時には由良が料理に失敗し、それをフォローする一色がいるだろう。

何気ない、繰り返される日常。それこそ彼にとっての幸せなのだと思う。

「食べたあと、風呂に入ったら、抱いていいですか？」

一色がなんでもないように言う。

それにただ小さくうなずいた。

「早く食べよう。君が欲しいから」

今は由良の何もかもが一色のものだと、全身で伝えたかった。

9

一緒に暮らし始めたその日の夜。一色は由良を熱く愛した。

キスマークなんて、見えないところに多数つけられてしまった。時折、痛いくらい肌を吸われ、その痛みの一つ一つが好きだと言っているようで、由良は何度も甘い声を上げた。

由良が達するたびに、思い出しても恥ずかしくなるような言葉で一色は由良を褒め、愛情を注いで好きだと囁いてくれた。

彼に作り変えられた身体が自分でも信じられない。

仕事の方は、いよいよ大詰めで忙しい。最近は時間が不規則で、一色は朝早く出て行ったりもしていた。

だから、一緒に住んでいても、彼の帰りが遅くなって由良が先に眠ってしまっていたりで、すれ違うことも多くなった。由良もアパートを引き払うべく手続きや荷物の片付けに追われた。

会社には彼の家に住所を変えたことを、いずれ伝えなければいけない。

それで一色と付き合っているのがバレてしまったら、と心配になる。以前、彼はバレていいいと言っていたけれど。

『バレないに越したことはないですが、もしそうなってしまっても、構わないから』

そのあとにあと一年は頑張って欲しいと言った。一色が由良をアメリカに連れ出すまでは、と。

「でも、もう、未來と森本さんにはバレてるし……高崎君も、なんかわかってる風なんだよね……」

この前由良と残業している時に優馬に言われたのだ。一色部長は付き合っている人がいるらしい、ということ。

『部長、本気で告白してきた社員に、言ったらしいんだ。付き合っている人いるってさ。特に理由がないなら振らないでください、って食い下がったから言ったらしいけど……』

決定的には言わなかったが、口を噤んで何か言いたそうに由良をじっと見た。

由良もまた聞かれなかったので何も答えず、彼に笑みを向けた。そうすると、まいっか、と言ってすぐに仕事の話に戻ったけれど。

優馬にバレているのなら、他の人にも知られているかもしれない。優馬はお喋りではないが、わりと鈍感だ。

「どう、しようかな……」

少し気を引き締めて気をつけないと、と心の中でつぶやく。とりあえず、急いで引っ越しの荷物をまとめ、仕事に専念しなければならない。

そうやって一色とすれ違ったまま、あっという間に展示会の日となった。

初日は、国内ではあるが一色は出張に出ていて会えなかった。彼とは展示会二日目に顔を合わせることになっている。

すでにレイアウトを終えた会場は、いつもと雰囲気が違っていた。

生活に根差したインテリアを重視しているからか、アットホームな売り場から、重厚さのある家具などを置いてあるスペースまでさまざまだった。

由良が担当している売り場は、デザインのきいた生活家具をコンセプトにしているので、他のスペースとはまた違った雰囲気。

年齢や性別に関係なく目に留まるように気を配ったせいで、足を止めて見入る人も多かった。

デザイナーも参加しているので、展示品の説明やセールスポイントのアピールをするスタッフも熱がこもっている。

「今回も盛況だな……遠方からの客も多いし」

ふう、と一息をつき、優馬は由良を見る。

「部長、今回の展示会、企画段階から指導に力入れてたしな」

「そうね。最近国内の出張多くて。結構大きな会社も見に来てくれているし……売り上げ、すごそう」

一日目だというのに、かなり盛況だった。由良たちが担当しているスペースも人が多いが、そのほかも混雑している。

レンタル商品もあれば、他国製のインテリア、アンティーク家具などバラエティも豊富なため、見ているだけでも楽しめるようにレイアウトしていた。

由良も実は北欧の照明を見て、いいな、と思っていた。電気のコードが長く、普通の室内電灯よりもかなり下に傘があるのだが、それがスポットライトのようで、柔らかい雰囲気がある。明かりに濃淡があり、一色の自宅のダイニングを思い出し、こんな光のもとで食事ができたらと思った。

「ゆらっち、まゆごもりの説明、実感があったなぁ」

客足が途切れ一息つけそうなところで、優馬が由良に話しかけてくる。

その声音に意味深な響きを感じて、由良はぎこちない笑みを浮かべた。

「そ、そうかな……？」

優馬から視線を外すと、窺うように覗き込んでくる。

「そうだよ！　まるで使ったことがあるような感じ。でもあれって、ウチが独占販売してるから……デザイナーと付き合ってるわけじゃなさそうだし？」

「それはないよ。デザイナーさんは仕事相手だから」

思わず目を瞬いてきっぱり言う。

「そうだな。それに、まゆごもりは場所を取るし、ゆらっちの部屋じゃ無理だよなぁ」

彼は由良のアパートに来たことがあった。仕事の話をするため、未來と一緒に何度か家に上がったことがある。だから、まゆごもりが置けないような家だと知っている。

「さっきの人、まゆごもり購入したけどさ、カップルだったよな？　中に入るとほんのり薄暗くて優しい明るさで、二人でいるとゆっくりできますよ、ってまんま実感そのものって感じ。それが決め手で購入していったしなぁ？」

由良をやんわり問い詰める感じだった。

まゆごもりは展示会の前に、すでに二つ売れていた。独占販売しているので、購入したのは自社の社員だ。

誰が購入したかわかっているから、意味深に聞いてくるのだろう。

「高崎君、わかってるんでしょう？」

由良が下を向いて口を尖らすと、まぁだいたい、と言葉を濁した。

「でも、確信なくてさ……思えば、だけど……そういう予兆っていうか、なんとなく感じる部分があってもおかしくなかったかなぁ、って思ったり」

優馬は肩をすくめ、由良を見下ろす。

「部長と付き合ってるの？」

ズバリ聞いてくるのは、優馬らしい。由良は内心ほんの少し焦りながらも、一度大きく深呼吸した。

「付き合ってる。もう、だいぶ経つかな……青さんと話し合って、内緒にはしていたけど」

「青さん……すごいな、名前で呼んでるってマジなんだな。なんで俺気づかなかったんだろう？　未來はもう知ってそうな感じするけど」

「未來には私から話したの。同期で、同じ女だし、親友だから気づく部分も多かったみたい。隠せないかな、って」

おそるおそる顔を上げると、優馬はなんとなくがっかりしたような顔をしていた。

「俺もゆらっちの同期で、親友のつもりなんだけど？　話してくれよ！　そうしたら、いろいろ……いや、なんもできないな。確かにこういうのは女同士がいいのかもしれないけど。……まぁ、なんだ？　えっと、周り、少し気づき始めてるぜ、ゆらっちと部長のこと。入社時から、部長、ゆらっちの評価高かったもんな。ゆらっちの異動願い握りつぶしてたのは、結構知られた話なんだけど、それを納得する社員も多かったたっていうか」

由良がずば抜けて評価が高いはずがない。同僚の手伝いをするばかりの毎日だった。きちんと自分の仕事をし始めたのはここ最近だ。

「私、やっと自分の仕事っていうか、企画が通ったばかりで……それも高崎君や未來に手伝ってもらってできてるし。充実し始めたのは、最近のことよ？」

「その積み重ねが今に生きているだろう？　ゆらっちのことできるだけ手伝ってあげたいと思

うし、企画も成功させてやりたい。そう思う社員が結構いるんだ。だからみんな、先輩だって手伝ってくれるだろ？　一色部長も、その辺を考えて、いろいろしてくれるんだと思う」

「……………そう、かな？」

「そうだよ！　だから……部長がゆらっちを選んだのはわかるっていうか。気が利くし、人の話をきちんと聞くし、それに……一生懸命さが伝わるじゃん？　俺も、ゆらっちのこといいなぁ、って思ってた時あったんだけどさ……部長が、なんとなくだけど、俺よりゆらっちのこと考えている気がしてさぁ……」

　そう言って優馬は頭をポリポリ掻いた。

　由良は彼の言葉に目を見開き、その先を聞きたくなってしまう。

「それは、どうして？」

「だから、ゆらっちの異動願い握りつぶしてただろ？　そんなこと普通はしないって、部長は。それに、ゆらっちを目で追ってる時もあったし。ゆらっちは企画リーダーをやったことがなかったから、どうにかしてやりたい、って悩ましげに言ったり……まぁ、それって、ゆらっちのこと思ってるんだなぁ、って」

　一色はそんなに前から由良のことを、と思うと顔が熱くなりそうだった。確かにずっと好きだったと言われていたが。

　一色はいったいいつから由良に恋をしていたのか、好きでいてくれたのか。

優馬や未來は入社一年目の後半から小さな企画を任されたりしていた。それ以降だとしても、彼は由良のことをだいぶ長い間、好きでいてくれたのかもしれない。

ふと、周りが由良と一色の仲を気づき始めている、と優馬が言ったことを思い出し、彼に詰め寄った。

「あの！　高崎君、私と青さんの仲を周りが気づき始めてる、って……そう言ったよね？」

「ああ。なんだ今頃、そんな驚いた顔しないでくれよ。そうだよ、なんとなく、だけどね。仕事で部長と接点持つこと多くなっただろ？　だから、雰囲気変わってきたな、って。ゆらっち綺麗になったし、部長と二人で話している時、二人とも目がラブってるように見えたし、もしかして、って」

一色は由良と付き合っていることがバレてもいいと言ったけれど、実際にそうなりそうだと知ると、なんだか焦ってしまう。

由良と一色とでは、釣り合わないと思う人だっているだろう。よっぽど自信がないと部長には告白なんてできないよ、と言う女性社員もいるくらいだ。一色の彼女が由良だとわかってしまったら、周りはどういう反応をするのか、想像もつかない。

「私、バレないように気をつけていたつもりなんだけど……」

由良が頭を抱えると、優馬は噴き出すように笑った。

「まぁ、そうだろうけど、雰囲気でわかってしまうことだってあるし、それはしょうがないことなんじゃないか？　それに、デザイン事業部の面々は、別に何とも思っていないと思うぜ？

ああ、そっか、納得、って感じかもな」

「それはどうして!?」

由良が強く問うと、優馬は身体を少し引いて苦笑した。

「部長、前に比べて雰囲気柔らかくなった気がするし？　以前はクールで人を寄せつけない感じだったけど、最近はそうでもないんだよなぁ」

それは由良と付き合ってからそうなったのだろうか。そして、それを他の人たちは歓迎しているということ？　優馬の表情はまるでそう言っているようだった。けれど、由良は首を傾げるばかりだ。

「お互い、良い方向に向かってるんじゃないの？」

ポン、と肩を叩かれ、優馬が由良を見る。

彼の表情は優しく、由良は自然と笑みがこぼれた。

「そうだね」

「でもさぁ、話して欲しかったよなぁ……」

そう言いながら項垂れた優馬に、ごめんね、と由良は言った。

「なんとなく、すぐには話せなくて……」

「わかってるよ。……でも、一色部長、次の人事異動で本社勤務になるってもっぱらの噂なん

面と向かって好きだと言われたのに驚いた。

今まで一色以外の異性に言われたことがないから、心臓が跳ね上がる。爽やかな笑顔を浮かべる彼は、きっと良い人だと思う。

彼の作品はまゆごもりをはじめ、リラックスできるような椅子やソファー、照明デザインなど、優しさを感じる作品ばかりだ。

だからこそ由良は彼の作品に目を留めたのだ。

しかしそれも一色という大きな存在がなかったら、緒方の作品に惹かれなかったかもしれない。

「ありがとうございます。……そういえば、この前の質問、答えてませんでした……」

「この前の質問？」

「彼氏がいるかどうか、です」

緒方は、ああ、と言ってほんの少し顔を赤くした。

「市木さんみたいな優しい雰囲気の人、タイプなので……つい聞いてしまいましたが……実際、どうなんですか？」

由良はうつむき、少し思案する。

「困る質問だってわかってますけど、もしチャンスがあるなら、僕、立候補したいな、と」

緒方は頭を掻いて、一度由良から視線を外し、遠くに目をやってから聞いてきた。

「どうですか？」

ここで迷いを見せてはいけない。由良はそう思った。目の前の彼を傷つけたくはないが、自分には一色という大きな存在がいるのだ。中途半端な態度を取らないように、大きく息を吐いてから顔を上げる。

「すみません。私には彼氏がいます。なので、気持ちにはお応えできません」

由良の言葉に、緒方は一瞬眉を寄せ、それから苦笑した。

「そうですか……ですよね、市木さん可愛いし、仕事もできますしね。素敵な彼氏さんなんでしょうね。……羨ましいです」

さっぱりした顔でそう言った緒方は、改まったように向き直って小さく頭を下げる。

「すみませんでした。こちらの会社のデザイン事業部に取り上げていただいただけでもラッキーなのに、変に思いを寄せてしまって……」

「そんなこと……ありがとうございます。お気持ちは嬉しいです。ごめんなさい」

由良が顔を赤くして言うと、緒方は目を細めて首を横に振った。

「彼氏、見る目ありますよ。市木さん、ずいぶん自己評価が低そうですけど、そんなことないです。丁寧だし気配りがすごく良くて。笑顔は可愛いし、好感度が高いです。市木さんの彼も、そんなところが好きなんだと思います」

緒方はそこまで言って、さらに顔を赤くし、照れるな、と頭をワシャワシャと掻いた。

「いや、ここまで語る気はなかったんですが！　あの、僕、休憩に入りますね！」

照れ隠しのようにさっさと踵を返して去っていくのを見て、由良は自分の頬に手を当てて先ほど言われた言葉を反芻する。

彼氏、見る目ある、という言葉になんだか心の中が熱くなり、心臓が波打つ。

一色は由良を大切にしてくれる。たとえ緒方と先に出会ったとしても、一色にしか惹かれなかっただろうと由良は思う。

今まで自分に自信がなくて、できることを一生懸命やってきただけだった。それを陰で支えて一色は評価してくれていた。それだけではなく、一色は由良にずっと片思いしていたという。

彼に愛されて幸せだと思う。

彼にはたくさん勇気をもらった。

きっといつか……このままお互い思い続けていれば、将来一緒になることだろう。

一色は二十歳で両親を亡くしている。それまで一人で生きてきた彼に、由良は何をしてあげられるだろうか。優しく甘く導いてくれる彼に、由良は精一杯の愛情で応えたい。

緒方にはっきりと断りをしたからか、早く一色の顔が見たくてたまらなくなって、由良はしきりに腕時計を見た。

「売り上げはどうですか？　市木さん」

背後から耳によく響く心地のいい声で名前を呼ばれ、はっと振り返る。

「午前中も、午後の早い時間も盛況だったと聞きました。売上データを見る限り、順調そうですが……お客様の反応と売り上げは比例していますか？」

突然仕事のことを尋ねられて、すぐ頭が切り替わらず由良は思わず口元を引き結んだ。

「僕は難しいことを聞いていませんよ？」

今日の一色はダークブルーのスーツを着ていた。緻密な模様が織り込まれたシルバーカラーのネクタイは微かに光沢を放っていて、とても彼に似合っていた。眼鏡の奥から涼しげな瞳で見つめられ、由良はつい見惚れてしまう。

「は、はい。売り上げはいいようです。それと……」

その唇を見ると、彼とキスをしたい気持ちが湧き上がってくる。まだ仕事中で不謹慎だと気を引き締めながら、うつむいて小さな声で言う。

じっと見下ろしていた一色が片眉を上げて、由良に続きを促す。

「すごく会いたかったです。今すぐ抱き締めて、キスを、したいくらいに」

「仕事中ですけどね」

由良が顔を上げると、一色はゆっくりと唇に弧を描いて、眼鏡を押し上げた。

「バックヤードがあったらそうしています。残念ながら、この会場にはそれがないのでね」

一色が由良と同じ気持ちだったことに胸がいっぱいになり、また心臓がドキドキと大きく音を立てた。

「あまりイチャつかないでくださいよ！」

いつの間にか優馬がそばに来ていて、由良は慌てて一色から離れた。

「そう見えたかな？　すみませんでした、高崎君」

「……ちょっと、ちょっと……バレてるのに冷静ですね？　さすがです！」

「こんなことでバタついても仕方がない。あまり吹聴しないでくれれば、それでいいです」

クスッと余裕の笑みを浮かべる一色は大人だ。由良は内心、かなりバタついているというのに。

「一色部長、大人ですよねー……」

優馬が目をすがめて言うと、一色は表情を崩さず、冷静に答えた。

「君よりはね」

優馬の左肩をポン、と軽く叩いたあと、彼は背を向けてほかの社員がいる方へ去っていった。

由良は赤くなった顔をどうにか収めようと、手で顔を軽く覆う。その様子を見て、優馬は大げさに両手を上げた。

「なんかさぁ、ゆらっち、イイ男捕まえたよなぁ……あの大人の余裕とクールさ、惚れる……」

「……じゃあ、高崎君が女の子だったらライバルだったたね」

あまりにも優馬がしみじみつぶやくので、噴き出してしまった。

「マジ！　それな！　ゆらっちには負けないぜ！」

由良の目の前で、グッと握りこぶしを作るのに、思わず笑い声が漏れる。

が、ここは展示会の会場だ、とすぐに気を引き締める。

「次も、こんな感じでやりたいな」

「本当だね。こんな風に、ほかの企画も一緒にできたらいいね」

二人で微笑み合い、これからもずっとこうやって一緒に仕事をしていきたいと思う。

今日は優馬の明るさに助けられた気がした。

誰もが一色との仲をここまで明るく受け止めるとは思わないけれど、認めてくれる人もいる。

そう思うと、また恋をする気持ちが強くなった気がした。

10

由良は一日目の展示会が終わると、売り上げの集計を確認しＰＣに入力を済ませた。これで今日の業務は終了だ。

一通り帰りの挨拶をしてから、今日は用事があるとばかりにさっさと帰り仕度をした。未來と優馬にまた明日と言ったら、なんだか二人はニヤニヤしていて。

由良は二人を叩く振りをして、頬を膨らませた。しかし早く帰ったら、とばかりに笑いながら追い払う仕草をされたので、ただ笑って手を振る。

会場をあとにし、一色の家へと急いだ。

仕事中にキスしたいなどと言ったことを反省した。きっと一色は困っただろうし、由良は自分の持ち場スペースの売り上げを彼に答えていなかった。

彼の家に行ったらきちんと言わないと、と思いながら、足早に向かう。

どうやら先に一色が帰ってきている様子だった。玄関を開けると彼の靴があったので、急いで家に上がる。

きちんと靴をそろえてリビングに行くと、とてもいい匂いが漂っている。一色が食事を作ったのだろう。いつも先回りをする人だから、今度はもっと私にさせて、と由良は言わないといけない。これから一緒に暮らすのなら、特に。

きっと由良も料理をする機会は増えるだろう。彼に甘やかされるばかりではいけない。展示会が終わったら、由良の両親に挨拶し、二人は本格的に同棲を始めるのだから。

案の定、一色はキッチンにいてちょうどエプロンを外すところだった。

「由良、お帰り」

もうすでに夕食は出来上がっていた。あとは皿に盛ってテーブルに並べるだけのようだ。

ネイビーカラーのアンクルカットのパンツに、ラフな白いシャツを着た一色は、絵になるほどかっこいい。かっこよすぎて思わず怯《ひる》みそうになる。

「青さん！　私も料理、お手伝いしたかったのに」

そう言うと一色は一瞬目を見開いた。

「ああ、ついつい最後まで作ってしまって」

眉を寄せている由良を抱き寄せ、顎に手を添えて顔を上向ける。

「君が美味しそうに僕の作ったご飯を食べるのを見るのは、結構幸せで……」

そこで口を噤んで今度はうーん、という風に考え込む仕草をする。

「でも、次は先回りを我慢するよ。君と一緒に暮らすんだからね」

そう言って微笑み、由良を抱き締める。

「今日は、なめたがれいが美味しそうだったので、甘辛く煮つけたものと、ほうれん草のおひたし、卵スープを作りました。明日は由良が作ってください」

一色はサラッと言ったけれど、なかなか手の込んだものを作っているような気がする。お手伝いならまだしも、とても自分で作れるメニューではない。

途端に由良は目をさまよわせてしまう。

「あの……今日のに勝るものは作れませんが……」

「さほど難しくないよ。作る時間なんて三十分くらいだったし」

一色は手際が良いからなのだろう。しかし、三十分で三品も由良は作れるだろうか？　それにプラスして、コンロにある土鍋には、きっと炊き立てのご飯があるはずだ。

「一色さん、私、一色さんに比べたら料理の腕は悪いので、明日の料理でまずいところがあれば、遠慮なく言ってくださいね」

ちょっと落ち込みながらそう言うと、一色は首を振った。

「君の味付け、好きですよ。それに家では青で」

優しい笑みをみせて、抱き寄せた由良の頭にそっとキスを落とす。彼の大きく、温かい手が由良の背を撫でた。

「はい、青さん」

「はい、お利口さんです」

一色が由良の唇に小さくキスをする。

それから、肩を落として、困ったように微笑んだ。

「最近の僕は色ボケかも……今日は先に、ご飯、どうですか？」

今日は、と言われ、確かにこの間はご飯より先に身体を繋げた。

そのことを思い出し、顔を赤くして彼の言葉にうなずく。

「はい、今日はご飯が先、です」

一色も思い出したのだろう。二人で額をくっつけて笑い合い、彼の腕が由良の腰から解かれる。

温かさが消えるのが寂しいと思いながらも、由良は食器棚から皿を取り出すべく、彼に声をかける。

「青さん、お皿、どれがいいですか」

「中皿と、小皿と、あとはスープを入れるカップを二つずつ。由良、お漬物食べます？」

「食べます！」

「じゃあ、お漬物を盛り付ける豆皿も出してくれる？」

「はい！」

手際よく出すと、一色が皿に料理を盛り付ける。

彼の家にある皿は、青と白で統一され、同じ焼き物のようだった。

「青さんの家のお皿たちはみんな統一されていますね」

「父がね、陶磁器が好きで。シンプルすぎて、若い子にはちょっと合わないかもしれない」

そう言って苦笑するのを見て、「そんなことないですよ」と由良は首を振る。

「こだわりのある方だったんですね。見ただけで、大事にされている食器だな、って思います。青さんと似てますよね？　家具も、いいものを大切に長く使っているんだとわかります」

「そう？」

「はい」

由良の返事に、彼はどこか面映ゆそうに笑った。

「父と似ていると言われるなんて思わなかった。親子だから、きっとそうなんでしょう」

一色は噛み締めるようにそう言って、盛り付け終えた。

料理をテーブルに運び、食卓に着く。手を合わせてから由良は箸を取った。

「美味しいです！」

「よかった。君は魚も結構食べるんだね」

「はい、好きですよ。母が特に好きで……母に似たのかも」

そうか、と相槌《あいづち》を打ったあと一色は由良を見つめる。

「こうやって互いの両親の話になるのも、楽しいものだな、って今思った」

一色の言葉は深みがあり、こういう話を他の誰ともしてこなかったことが、なんとなくわかった。

「そうですね。両親は私たちのルーツですもんね」

たわいのない話だが、お互いの関係をより深めているような気がする。

そのことが何とも幸せでたまらなくて。

こうした日常がずっと続くことを想像すると、心がとても温かくなった。

☆

由良は食事後の後片付けをする間に、一色にお風呂に入ってもらった。

食器を洗いながら、通りすがりに一色が言った言葉を思い返す。

『先に寝室で待ってるよ』

彼の背中を見送り、しばらくキッチンでいろいろ考えていた。

お風呂上がりにちょっとお酒を飲むとか、そういうことはしないのか。前はよくタバコを吸っていたけれど、最近はそこまで吸うのを見ない。いつ吸っているんだろう。

それに先に寝室でというのは、そういうことだよね、などなど。

彼とは何度もしている行為なのに、改めてああやって言われるとなんだかとてもエッチな感じで、まだまだ由良には刺激が強い。

食器を洗い終わり、コンロ周りやシンクを拭いていると、Tシャツにスウェット姿の一色がキッチンまでやってくる。その手にはタバコの箱とジッポー。もちろんアトマイザーも持って換気扇の下へ行く。

「ごめん、どうしても吸いたくなって。いいかな?」

「もちろん、どうぞ!」

最近は本数を抑えているのかもしれない。以前、由良といると禁煙できそうだと言っていたような気がする。それは確かに身体に良いことだし、やめるに越したことはない。

でも由良は、一色のタバコを吸う姿は好きなのだ。

なんだか色気があってドキドキする。仕草は堂に入っているし、彼がくゆらせる煙の匂いも
嫌いではない。

でも、直後のキスはちょっと苦め。

舌を絡めると、彼の舌に残ったタバコの味がして、それが一色とのキスだと思うと、なんだか変に身体が熱くなってきてしまう。

一色がタバコを咥え、換気扇をつける。ジッポーに火が灯り、タバコを吸う。

カチンと音を立て、ジッポーの蓋を閉め、フーッと息を吐くと煙が彼の唇から出ていく。

その様子を見ていた由良に気づき、一色は苦笑した。

「由良、風呂、入ってきなさい。それに、近くにいたらタバコの匂いが移りますよ？」

タバコを持っていない方の手で、頭をポンポンと叩かれる。

しかし、なんだか今、一色のそばを離れる気にはなれなかった。

「青さんがタバコ吸うところ、見るのが好きなんです」

「そう？　タバコを吸う男なんて、珍しくないでしょう？」

苦笑した一色は、タバコを一口吸った。赤い火が唇の方へと移動するのを見ながら、由良は首を横に振る。

「そんなに見たことないです。父も兄も、吸いませんし……確かに、大学の時は、吸う男の人はたくさんいましたけど、こんな近くで、見たことなんかないから」

「君のお父さんもお兄さんも吸わないのか……挨拶に行ったら気をつけないといけないな。禁煙すべきなのはわかっているけど、もともと本数多くないからって、自分に言い訳して吸ってるから。僕の悪いところです」

人差し指と中指で挟んだタバコを見ながらそう言った彼のその姿も、由良には魅力的だ。

「いつから吸ってるんですか？」

「二十歳になった誕生日に初めて吸って以来だな。両親に、誕生日は家でするんだ、と命令口調で言われたから、大学から嫌々ながら帰ってきたんです。友達が誕生日を祝ってくれる話も出ていたけど、しょうがなく断って……それで帰ったら、テーブルにはご馳走と大きなデコレーションケーキ。それから二十年物のウイスキーと、僕が生まれた年のワインがあった。極めつけはこの銘柄のタバコと、ジッポーがプレゼント」

フッと笑った一色は由良を見る。

「母はめちゃくちゃに怒って、父の肩をバシバシ叩いて。でも最後には、僕にタバコを吸うかどうかは自分で選べと言った。二十歳で、吸っても構わない年になったから、って。それで、僕は吸う方を選んで、今に至るわけです」

彼は火が根元に来る前までタバコを吸って、キッチンに置いてある灰皿に押しつけ、白い煙を吐きながら火を消した。

「お父様も吸ってたんですか？」

「いいや、全く」

「えっ!?」

由良が目を見開くと、一色は声に出して笑った。

「僕が二十歳になったら吸ってみる、って決めてたんだとか。変わった人でしょ？　僕の二十歳の誕生日が、父の喫煙デビュー。二人とも煙に噎《む》せながら吸って、まずいと言って火を消して。僕のタバコデビューも散々な結果だというのに、なんとなく吸ってる方がカッコイイと思ってた。で、吸い続けていたら、たった数本でもなくてはならないものになってしまった。最近本数が減ったのは良いことだけど、せめて一本は吸わないと、頭がくらくらする」

最近の一色は、自分のことをよく話してくれるようになった。タバコを吸うことを会社の人のどれだけが知っているのだろう。

彼はタバコの匂いを会社で一切させないから、誰も知らないはずだ。由良もこの家でタバコを吸っているのを見て、初めて知ったくらいだ。

また、彼がタバコを吸うきっかけのエピソードも、知らないはず。

由良と一色の間にできた、この特別な感じが何とも言いがたく、心に響く。

「健康のためにはやめた方がいいんでしょうけど、やめてくださいとは言えません」

「それはそうだ。人の嗜好品には口を出せないよね。タバコをやめるのは本人次第なわけだから」

彼はそう言って、箱からもう一本タバコを取り出した。

「二十歳になってしばらくして、両親が飛行機ごと行方不明になって、一年後に死亡認定願を出して……」

由良が思わず息をのむと、一色はタバコを持ったまま手を止めた。

「……その間もずっと、タバコを吸っていた。これが親の思い出になってしまっていたから、なんとなくやめられなくなっていたんだ」

火をつけていないタバコを見つめる一色の目は、昔を思い出しているような、そんな気がした。その彼の表情に、由良は切なさが胸に湧き上がってくるのを感じる。

「だから、銘柄も変わらずにいるんですね、ずっと」

「吸い慣れてしまっているというのもあるけどね。父と母を恨んだ時もあったけど、やっぱり忘れられない、大切な人達だと思うと、変えられずにいる。由良がいるから、やめようとは思っているけど……君の言う通り、身体によくないのは確かだしね」

彼はそう言って、手にしていたタバコに火をつけ、一口吸って煙を吐く。その一連の慣れた動作にドキドキする一方で、彼の胸が痛くなるような思い出を聞き、なんだか複雑だった。

吸うのをやめてと言えないのは、一色がタバコを吸う姿が好きでたまらないから。彼のタバコのエピソードを聞いた今では不謹慎かもしれないと思う反面、話してくれて嬉しいと思う。

いろんな感情が渦巻くのを抑えて、由良はそっと彼の胸に手を置く。

「私、青さんがタバコを吸ったあと、キスするの、好きです。それに、オピウムの落ち着いた匂いに包まれるのも。……そんな話を聞いたらなおさら」

そこで由良は少し口を噤んでから、一色の綺麗な目を見つめる。

「青さんの舌はちょっと苦いけど、それが……とても身近に感じられて……私、特別感があるんです。今までの、青さんとお付き合いしていた人もそうかもしれないけど、距離が縮まった気がして」

そういって微笑むと、一色は優しい眼差しで由良を見下ろした。

「君以外の前では吸ったことないよ。自宅でしか吸わないんだから」

「そうなんですか？　本当に？」

「そうだよ。だいたい僕は人と付き合うのはちょっと苦手なんです。きっちりと着ているスーツも、印象をよく見せるためのもの。なのに、外でタバコを吸うなんて、するわけがない。最初から君には、無意識に僕の素を見せてしまっていた。それくらい、君は、僕の特別」

一色が由良の腰を抱き寄せる。

アトマイザーを手に取り、由良の胸元にシュッと吹きつけた。

「細い腰だ……君はタバコを吸ったあとのキス、嫌いだろうと思っていた」

「……苦いな、って思いますよ？　でも、それが、青さんだから……」

由良は自分の言葉を思い出し、なんてことを言ったのかと、恥ずかしくなってしまった。

一色のタバコ味のキスが好きだと言い、特別感があるなんて口にしたからだ。彼と付き合う前の自分だったら絶対に言わないだろう言葉が、最近スルスルと声に出てしまう。

でも、それは彼を煽るのには十分だったらしい。

抱き締められ密着している身体から、彼が熱くなっているのがわかった。

下腹部をほんの少し押し上げるように反応している一色自身が、由良を抱きたがっているように思えた。

彼が由良の顎を持ち上げ、見つめる。

「あ……」

「君といると、いつも、理性が持たなくなってしまうよ、由良」

彼はそう言って、ゆっくりと由良の唇を啄むようにキスをする。何度かチュ、と音を立てながらキスをし、一色の親指が由良の下唇に触れ、軽く開かせる。

彼がいつも身に纏っている匂いが鼻孔をくすぐり、由良の官能を引き出す。

「青さ……っん」

待ち望んだように彼の舌を口内に迎え入れる。

独特の苦みが舌を痺れさせ、それに慣れる頃には、キスがもう甘く変化している。

「ん……っふ」

唇の角度が変わる時に息を吸うと、唇の端から飲み込み切れない唾液が伝う。それをわかっているように彼は由良の唇の端を指先で拭い、ゆっくりと舌を転がす。

彼の甘く苦いキスにも、匂いにも感じさせられ、由良は彼の腕の中で溶けてしまいそうだった。

ようやく唇が離された時、濡れた音が耳に響き彼に身を預けてしまう。

「風呂はどうする？」

指先で由良の唇に触れたまま、そう聞いてきた。

一色の唇も濡れていて、由良は息をのむ。

彼は風呂に入ったが、由良はまだだった。綺麗に身体を洗って、抱かれたいと思うけれど、この状況で言うのはどうなのだろう、とほんの少し考えを巡らせる。

「君と一緒に、風呂に入ってもいいな」

大きな手が服の上から由良の胸を撫でた。もうすでに胸の先端は尖っている。

「君を洗って綺麗にするのも、楽しいですからね」

次は肩甲骨のあたりを撫で、由良は軽く息を詰め身をよじる。

「どうする？」

耳に、首筋に、何度も小さなキスを繰り返して一色が聞いてくる。

こんなのはずるい。

由良は何も答えず、ただコクンとうなずき、次の瞬間には抱き上げられていた。

「青さん……」

彼の耳元で名を呼ぶと、抱き上げた腕にほんの少し力が入った気がした。

「僕を煽るのが上手くなった」

クスッと笑った彼は、浴室で由良の身体を下ろす。

「そんな君にはいつかの約束を果たしてもらおうかな？」

「やく、そく？」

由良が舌足らずに聞けば、彼はいたずらっぽい笑みを浮かべて指先で唇を撫でた。

「君の身体を洗って、蕩けさせてからにしよう」

一色は由良の服を脱がしにかかる。

「わかり、ました」

服を脱がされながら身体のいたるところにキスをされ、くすぐったくて身をよじってしまう。そのたびに二人で笑って。由良も真っ赤になって一色が服を脱ぐのを手伝だった。

手を引かれて浴室に入ると、そっと抱き締められてどちらからともなくキスをした。

☆

彼と一緒に風呂に入るのは初めてではなく、何度もしているけれど、やはり恥ずかしい。

一色の手でいつも変になり、声を出し、くったりと身体を預けてしまう。

きちんと洗ってもらっているのに、下半身から溢れてくる愛液のせいで、ずっと濡れていた。

「青さん、もう……」

彼の胸に額をすり寄せると、顔を上げさせられ、その額に小さくキスをされた。抱えられるように浴室を出たあと、バスタオルに包まれ、そのままベッドへと運ばれる。

由良は一色が欲しくてたまらなくなっていた。

身体を洗う名目で秘めた部分を指で愛撫され、一度高みへと連れていかれた。それだけでなく、肌を唇が吸い、赤い痕を残している。

一つだけ痛いくらい吸われたところは赤みが強く、色が青色に変わりそうだ。

しかしその痛みも甘く、由良は優しくも激しく求められていることが嬉しかった。

一色に自分の中に入れて欲しいなんて言えない。

というか、彼が欲しくてたまらなくて、自分から言いたくなることなんて、今までなかった。

彼のモノは大きく、最初は圧迫感があるけれど、すぐに馴染み、身体の一部のようになる。

身体を揺すられるたびに、自分じゃないような甘い声を上げてしまう。

一色は由良をベッドに下ろし、髪の毛を軽く拭き上げた。次に身体も同じように拭いたあと、バスタオルを床に落とす。

纏うものが何もなくて心許ない。

だから一色が早く由良を抱き締めてくれたら、と思う。

けれど彼はベッドサイドのチェストから避妊具を取り出し、由良の手に渡す。

「僕のに、着けてくれる？」

由良は何度も瞬きをした。息をのみ、彼の反応しきったモノを見る。

『いつか、僕のに着けてくれる？』

以前にも言われた言葉だ。あの時と同じように、由良は首を振って無理だと態度で答えた。

けれどお互いを感じて、気持ち良くなるために、と乞われた。

「上手く、できないかも……」

高ぶっている身体を持て余しながら言うと、彼は微笑んだ。

「大丈夫、難しくない」

由良は小さくうなずき、いつも一色がしているように四角のパッケージを破る。

中身を取り出し、ほんの少し動きを止める。彼のモノを見て、苦しいくらい早鐘を打つ心臓を感じながら息を吐く。

彼が着けていた様子を思い出し、由良は彼のモノにそっと触れた。

それは、温かくて硬くて。

持つと少しピクリと震えて、一色がゆっくりと息を吐き出した。見上げると彼が小さく笑い、由良の前髪に触れる。

「早く着けて……君に入りたい」

「は、い」

避妊具の先端を持ち、ゆっくりと彼のモノに着けると、それだけで反応がさらに強くなる。

「着けました……」

一色は何も言わず由良の頬に触れる。それから由良を引き寄せ軽く抱き上げて膝立ちにさせた。

「自分で入れて、由良」

「え……？」

彼のモノは何度も受け入れているけれど、自分で入れたことなんてない。なんだか怖くて首を振る。羞恥で頬がみるみる熱くなっていく。

「大丈夫、ゆっくりでいい」

彼が欲しくてたまらないのは変わらなかった。浴室でたくさんの愛撫を受けていかされて、由良の身体は十分高まっていた。

一色にはいつもこうして一緒に気持ち良くなるためのことを教えてもらっている気がする。由良は勇気を出して、彼のモノに手を添えた。自分の内側へ受け入れるために、隙間の入り口に彼のモノを宛てがうと、彼が熱い吐息を吐き出したのがわかった。

先端が当たるだけで中から愛液がトロリと溢れ、滴っているように感じて恥ずかしさでキュッと唇を噛んでしまう。

でもそんな姿も彼に見られているかもしれなくて。恥ずかしいけれど、意を決して一色の肩に片方の手を置く。そしてゆっくりと腰を落としていった。

「あっ……あ……んっ」

彼のモノが由良の中を満たしていく。

大きな質量で圧迫感は強かったが、濡れそぼった由良の内部は一色の滾ったモノをスムーズに受け入れていった。

最後まで腰を落とせずキュッと手に力を入れていると、彼が由良の腰を撫でた。

「押し上げていいですか？」

それは低くかすれた声だった。けぶるような目で見つめられ、由良は小さくうなずく。真っ赤になっている頬にチュッと音を立ててキスをされた。頬を撫でられ髪を掻き上げられて、耳にかけられる。

「あとは、青さん、が……」

「次は、自分で全部入れて？　いい？」

彼の言葉に再度コクコクと首を縦に動かすと、待ちきれないとばかりに身体を引き下ろされ、一色のモノが由良の最奥を突き上げた。

「ん……っあ！」

一気に奥まで届き、由良は自分の体重の分貫かれた衝撃で高い声を上げるしかない。

けれどそれは待ち望んでいたことだった。

あまりにも気持ちが良すぎて、由良は身体を震わせ達してしまう。

「あ……あっ！」

けれど、快感の余韻などはなかった。

達した敏感な身体を、彼は容赦なく下から揺さぶり始める。

「由良、ごめん」

彼も待ちきれなかった。

それはわかっている。

でも、あまりにも強い快感が全身を貫き、突き上げられるとたまらなかった。彼の欲望を全身で受け止め、由良は翻弄されるしかない。身体はトロトロに蕩け、開いた口から甘い声を上げ続けた。

「あっ、あっ、あ……青さ……っや！　もう……っあ！」

二人が繋がったところから断続的に濡れた音が部屋に響き渡る。それに重なるように、一色の荒い息遣いと、由良の喘ぎ声が交じる。

甘い痺れが全身を駆け巡り、目の前が真っ白になって中で感じる一色自身を締めつけてしまう。

由良は快感に耐え、ただ揺さぶられて彼にしがみつくしかなかった。

「青さん……そんなに……っ」

一色が由良の身体を引き寄せ、首筋から鎖骨に何度も口づけを落として由良の身体に印を刻んでいく。

そして髪を撫でさすり、由良の名を呼び、強く抱き締めた。

「由良、好きだよ。君だけだ」

「わ、私も、好きです」

「ずっとそばにいて」

すぐに唇を塞がれ甘く舌が絡められる。全身で求められて、由良は愛しさで胸がいっぱいになった。

そして先ほど聞いたタバコの話を思い出す。

長い時間、一人で生きてきた彼は自分を孤独だったとは思っていないかもしれない。それでも由良は、これからは深い愛情で一色を支えたいと思った。彼のよすがとなって、一緒にいたい。

そっと一色の頬に手で触れると、その上から彼が手を重ねてきた。

「私はこの先ずっと青さんと一緒にいます」

彼は何かをこらえるように目を細めてから、由良の背をベッドに下ろし、再び激しく突き上げてきた。

角度が変わったので、由良の中からまた愛液が溢れて滲み出てくる。

「もっ、ダメ、です……っわたし……っあん」

白い喉を見せて、快感に喘ぐ。限界はもうすぐそこまで来ていた。頭を抱き込まれてから、ギュッと手を繋がれる。

「いいよ、イって……可愛いな、君は」

余裕を持っている彼は酷い。

「ひどい、です、青さ……っ」

由良ばかりがいつも夢中になっている。

そう思いながら彼の声に促されるままに由良は達し、快感に屈した。

「ん……っあ！」

由良が背を反らすと、一色が眉を寄せたのが見えた。

何度か瞬きをして涙の滲んだ目で彼を見る。

ああ、イくんだな、と由良は思った。彼は一瞬だけ小さく呻く。

腰の動きも止まり、余韻を残すかのように何度か揺さぶられた。そうして動きを止め、最奥にグッと彼のモノが届くと、由良はイったばかりなのに、身体をびくびくと震わせた。

それだけ彼は深いところに入っている。

心も身体も、これほど深い繋がりはないと思うほどに。

「君の中は気持ちいい……つい、夢中になって……格好悪いな」

微かに笑って彼は由良の中から自分のモノを抜こうとした。

けれど、彼の腕を掴んで由良は首を振る。

「もう少し、このまま……」

「……僕は抜かないと、困ったことになりそうだけど？」

はぁ、と熱い息を吐く一色は色っぽい。

この一色の表情は由良のもの。そう思うと、心臓の高鳴りとともに、身体が疼く。

「何度でも、いいですよ……私は、好きな人に抱かれて幸せです」

彼の手が由良の頬を包んだ。

その手に頬をすり寄せると、小さくキスをされた。

「君は僕を、ただセックスをするだけのダメな男にするつもりですか？」

苦笑しながら、彼がほんの少し腰を動かした。

由良の中で質量を増していくのを感じ、息を詰める。

「二度目だったら、ゴムを替えないと」

由良の下腹部を撫で、ゆっくりと自身を引き抜く。それからまたチェストから四角のパッケージを取り出し、由良に渡す。

「もう一度、君が着けて」

耳元でそう言われ、くすぐったいけれどその声だけで下腹部から快感が走る。

由良は小さくうなずき、起き上がった。

彼はゴムを取り去るところだった。ごみ箱に捨てるのを見て、もうすでに力を取り戻している彼のモノに、避妊具を着けた。

二度目は一度目よりもうまくできた気がする。

「二回目なのに上手だ」

「そ、そんなこと、ないです」

揶揄するような言葉に赤くなりながら言うと、チュ、と音を立ててキスをしてきた。

「こういうのは大歓迎」

彼の言葉に顔を上げれば、唇を塞がれてまたそっとベッドに組み敷かれた。

「こうやっていつまでも、そばにいて欲しい……僕の身体の半分みたいに、なければいけないもののように。たわいのない話をたくさんしよう。僕の過去も未来も、何もかも、君のものだ」

その言葉は由良の深いところに届いて、じわじわと胸に染み入った。

一色が髪をゆっくりと撫でながら由良を見つめる。

「本当はもっと格好よく、レストランでディナーを食べたあとに言うべきことだけど……」

由良は次にくる言葉を待つ。

セックスの余韻の残る、互いに愛を確かめ合ったあとに、彼は言ってくれた。

「僕と、結婚してください。それと、格好よくプロポーズの言葉を言えない僕を許して欲しい」

最後の格好よく、のところに由良は笑ってしまった。

でも、由良の言葉は決まっていた。

「はい、よろしくお願いします。これからずっと、青さんと一緒に生きていきたいです」

抱き合ったあとだからこそ、なんだかすごく、彼が由良のことを好きだと思っていることが実感できた気がする。

一色とは上司と部下としての時間が長く、仕事をする一色はよく知っている。だがプライベートでの彼は、まだ由良の知らない部分がある。

女性社員の憧れでもあり、完璧な上司で恋人でもある彼は、自分で言った通り、レストランでディナーを食べたあとにプロポーズするかと思っていた。

仕事ができて、その仕事に厳しく、求めるものが大きい。それにスタイルもよく、美形な上司の彼は、もっとスマートにこういうこともこなすと思っていたから。

「嬉しいです。青さん」

「でも、指輪を渡すのはきちんとしたいな……有名なレストランでディナーのあとで……」

「私は、どんなシチュエーションでも、青さんからだったら嬉しいです」

由良がそう言うと、一色は唇の端で微笑み、優しい目で見つめた。

「抱いていい？」

由良がうなずくのを見て、彼は優しく、本当に優しくキスをした。

それから抱き締めて胸を揉み上げる。

「今度はゆっくり、君を愛したい」

彼が由良の上になる。

重みが何とも心地よく、由良は目を閉じて熱い息を吐いた。

「好きだ、由良」

「私も」

優しくも幸せな余韻に包まれながら、彼の背に手を回す。

一色は先ほどの熱いセックスと違い、とても優しく、ゆっくりと愛してくれたのだった。

11

一色との同棲生活はとても良いスタートを切った。それに、展示会も出だしが好調で、盛況だった。

公私ともに、上手くいきすぎて、由良はちょっと怖い気もするが、幸せだと思う。

けれど、展示会が終わらない限り、一息つけない。それに、この仕事が終わったら、由良の両親に一色と挨拶に行くことになっている。

先日、熱いセックスのあと、プロポーズをされた。彼は格好悪いと言ったけれど、由良にとってはとても嬉しく、良い時にプロポーズされたように思う。

いつもはクールに見える一色が、思いもしないタイミングで言ってくれたことも、嬉しくて。由良だけが知っている彼を見るのは、心が温かくなる。この気持ちは独占欲のように感じるが、多少は持ってもいいだろう。

だって一色は由良の大切な人、付き合っている彼氏であり……。

「こ、婚約者？」

小さくつぶやき、由良は顔を赤らめてしまった。仕事中なのだからいけない、と気合を入れ直し、展示会場の客に対して唇を引き締める。

プライベートが充実しているからこそ仕事はしっかりやらなければいけない。由良はずれた家具を軽く直したり、展示品などの位置を整える。

そうしていると客に説明を求められたので、丁寧に応対したところ、展示家具を購入すると言ってくれた。

「ありがとうございます、お会計はこちらでお願いします」

カウンター業務は別のスタッフの担当なのだが、今日は忙しかったので由良がそのまま対応を続けた。

客は由良より少し年上ぐらいの若い夫婦で、とても仲がよさそうだった。一色と由良もこんな風な夫婦になるんだろうか、と未来を想像してしまう。

プロポーズされたばかりで舞い上がってはいけない、と思いながら、領収書を渡し、二人を見送った。

一つ家具が売れたことにホッとし、自分の持ち場へ戻ると、一色の隣に外国人男性が立っていた。一色よりも背はちょっと低いけれど、大きくてがっしりとした体格だった。芽衣子もその男の隣で話をしている。

二人はその彼の隣にいると、とても華奢に見える。やっぱり外国の人は、骨格が違うな、と思いながら横を通り過ぎる時に軽く挨拶をする。

「部長、部長補佐、お疲れ様です」

最近は一色を名で呼び慣れてしまい、職場でも口に出してしまいそうになる。内心焦りながらなにげなく男性を見上げると、良く知った人物で息をのんだ。

外国人の彼は、由良の勤める会社の本社社長その人だった。

ニューヨークから視察に来たのだろう。

「あ……お疲れ様です！」

恐縮しながら、日本語でそう言って頭を下げた。しかし、通じていないだろうとすぐに英語で言い直す。もう一度頭を下げて通り過ぎようとすると、一色が由良の腕を取り引き留めた。

「市木さん、ちょっと待って。社長が君と話をしたいと言っています」

なんで社長が、と由良は身を固くしてしまう。

平社員でやっと三年目。まだ新人にも見えるような由良に、本社の社長が何を話すというのだろう。

「市木さん、社長は日本支社を視察しに来たの。あなたの担当するエリアもきちんと見ておきたいそうよ」

芽衣子がにこりと笑って、由良の背を押した。

わざわざ由良が説明することでもないのに？　と不思議に思い、緊張のため少し身体がこわばってしまう。

社長から手を差し出されたので、その手を軽く握る。大きな手が両手で由良の手を包み込んだ。

彼はにこやかに早口で由良に話しかけてきたが、うまく聞き取れず、聞き返そうかと戸惑っていると、それを察した芽衣子が通訳をしてくれた。

「君の企画は素晴らしい。新しい風を入れるためには、新人発掘も必要だった。チャンスを待っているデザイナーには非常に有意義であり、わが社にも利益がある。日本だけでなく、アメリカでも積極的に発掘をしていこう。時には難しい局面もあるだろうが、その時は君の細やかな気遣いを参考にし、乗り越えていきたい」

思わぬ社長の言葉に、由良は目を瞬かせた。芽衣子と一色を交互に見るけれど、二人は微笑んでうなずくのみ。

ものすごく褒められたような気がして、どんな顔をしていいのかわからない。しかし、ここはしっかりと話すべきだと思い、大きく深呼吸してから口を開く。

『ありがとうございます。社長にそんな風に言っていただけると、やる気が湧きます。これからも頑張ります』

緊張しながら由良が慣れない英語で社長に言うと、一色が由良に視線を送る。

『彼女は今後成長が期待できる部下です。私もとても信頼を寄せています』

彼の言葉に満足そうに社長は大きく表情を崩してうなずく。

『アオイが言うなら間違いないだろう。君は人を見る目があるからね』

二人の様子から社長が本当に一色に期待を寄せ、親しくしているのがわかった。一色はニューヨークに行くたびに引き留められ、出張が長引く。

やっぱり青さんはすごいな、と彼を見ていると、社長が由良に身体を向けた。

『君の若い力を十分に発揮して欲しい。これからもよろしくお願いします』

由良は社長から軽く肩を叩かれ、小さく頭を下げて応えた。

『はい、期待に添えるよう、頑張ります』

『アオイ、君は良い部下を持っているね』

『ありがとうございます。みんなしっかりしているので、私も仕事がしやすいんですよ』

「よかったわね。市木さんの底力、しっかり認められたわ」

芽衣子は由良の肩を抱き、満面の笑みを向けてくる。

『社員同士も仲がいいみたいだね。良いことだ。アオイがきちんと部下を導いているのがわかるよ』

笑顔で一色に話す社長は、感心したようにしきりに顎を撫でている。

『社員の意識が高いんです。私もその意識の高さに助けられていますよ。社長、では次のエリアをご案内しましょうか。会場は広いですからね』

彼は社長を促し、他の作品が展示してあるエリアへと足を向けた。しかし去り際に少しだけ振り向いて、由良を見て微笑んだ。

それがなんだか嬉しくて、心が温かくなる。

「ゆらっち、すげー……」

「ホント、びっくりした……もしかして、次の本社行き、由良かも？」

遠巻きに様子を見ていたらしい優馬と未來が、興奮を口にして駆け寄ってきた。

「そんなこと……あるかな？」

「だって由良、さっきのあの言い方だったら、向こうで仕事をするってこと前提っぽいよ？」

未來の言葉に、確かにな、と優馬もうなずく。

「市木さんが本社勤務、一色君と一緒に……素敵ね。活躍する二人が目に浮かぶわ」

そばにいた芽衣子の言葉がなんとなく意味深な言い方で、由良は内心ドキッとして冷や汗をかく。

「あれー？　森本補佐、知ってるんです？」

優馬が意外そうな顔をして聞くと、当たり前よ、と彼の肩を軽く叩く。

「一色君と同期の仲はだてじゃないのよ？　態度は完璧だけど、隠す気はないの。二人とも、時々同じ良い匂いする時あるわよね？」

ふふ、と笑った芽衣子に、由良は一気に頬が赤くなっていくのがわかった。

「バレてる感ありますよね？　森本補佐。由良と、彼との関係」

「そうね……まぁ……市木さんならみんな納得するんじゃないの？　一色君と付き合っても彼女だからって自慢するような子じゃないのは知っているし」

芽衣子は意味ありげな視線を向けてくる。

「そ、そんな……私、態度に出したつもりは……」

優馬に言われた時もちょっと焦ったけれど、今はその焦りが半端ない。あまりにもみんなに知られていたことに、恥ずかしくてすごく緊張してしまう。

「由良も部長も態度には出てないけど、空気ってものがあるじゃない？　そういうの出るんだよ？」

空気と言われても由良はピンと来なくて、ただ顔を赤くするばかりだ。

もうすでに部署全体に知れ渡っているのかもしれない。もしかしたら他の部署にまで。

「まぁまぁ、市木さんの性格だったら顔を赤くするのもわかるけど。いいんじゃないかしら。あなたなら、別に文句を言ってくる人なんていないと思うわよ？　あの一色君が落ちたことがすごいことだわ。彼はモテるから心配かもしれないけど……何も気にしないことね」

芽衣子の綺麗な唇が弧を描き、安心させるように由良の肩をキュッと掴んだ。

手から伝わるぬくもりを感じて大丈夫よ、と言われている気がした。

「そうそう。由良のことを悪く言う人いないし。何か言われても、私たちは味方」

ね、と未來に言われ、何とも心強くなり、コクン、とうなずく。

「ありがとう、未來。森本補佐も、高崎君も」

周りに優しい人たちがいる。由良にはこれが幸せで、財産だと思えた。

「社長の視察もまだ終わってないし、最終日までしっかり頑張りましょうね」

そう言った芽衣子に由良、未來、優馬は三人とも、はい、と返事をして持ち場に戻る。

周りに一色との関係が知れ渡っていることは由良としては恥ずかしく、ちょっと不安もある。

一色が素敵すぎてかなりモテるからだ。

しかしそんなことを今さら気にしても仕方がない。

どんな状況であっても、一色が由良を大事に思ってくれている。それを信じているのだから。

☆

展示会も最終日になり、由良の担当する新人デザイナーの作品はかなりの売り上げを記録した。それは同期である未來や優馬、そして上司となった芽衣子による助けがあってこそだ。チームで動いて、結果を残せたことが嬉しい。

「お疲れー、由良。盛況のまま終わってよかったね！　ちょっと疲れたけど……」

ポンポンと肩を叩きながら言う未來に、全く同じ気持ちだった由良もほっと息を吐き出した。

「本当に……疲れたね。帰宅したらすぐ眠っちゃいそう」

未來と同じように肩を叩くと、彼女が笑って由良の背後に回り肩を揉みだす。

「ダメダメ、由良は、部長と一緒に帰るんでしょ？　疲れて倒れ込むように寝ちゃったら、二人の時間がもったいないよ？　展示会終わって、明日はやっとお休みだし」

それはそうだ、と由良は思い直した。

明日は由良の両親に挨拶をしに行くことになっている。そのあとは代休で二日休みだ。

「疲れたけど、そこはちゃんとしないとね」

「そうだよ、由良。頑張って。じゃあ、私、先に帰るから」

そう言って未來は自分のバッグを持った。

最近買ったんだ、という彼女のバッグはオシャレなブランド物。由良は実用性優先の通勤バッグだが、今回のご褒美に未來のようなバッグを購入してもいいな、と思い始めていた。

「じゃあ、またね、由良」

「うん、お疲れ様」

手を振って未來と別れる。

優馬は先輩たちと話し込んでいて、先に帰っていい、という仕草をした。軽く手を振ってそれに応え、由良も会場をあとにした。

人気のない専用通路を早足で急ぐ。階段口の扉を開けた時、人が話す声が聞こえて、足を止めた。身を少し乗り出すと、踊り場で一色と女性社員が話しているのが目に入った。なんとなく雰囲気から近寄りがたい気がして、そっと気づかれないようにドアを閉めようとしたが、二人が気になりもう一度階上から見下ろす。

彼女はツヤのある髪を緩く巻いた綺麗な人だった。由良よりちょっと先輩。オシャレで朗らかな、総務の社員だ。今日は展示会の手伝いをしに来ていたのを知っている。

いつもセンスのいい身なりをしていて、男性社員にも人気だ。ああいう人こそデザイン事業部に向いてそう、と思うような女性だった。

「一色部長、今夜、良かったらお食事でもどうですか？」

しっかりと耳に飛び込んできた声に、さっと身を固くした。

由良は好意を持っている男性に面と向かって食事に誘うなんてできない。積極性がないのは、由良の悪いところ。

こんな風に堂々と伝えられることが内心羨ましいと思ってしまい、その場に足が釘づけになる。

「すみません、先約があるんです。今日は疲れたでしょうから、ゆっくり休んでください」

一色がやんわり断ったのにホッとした。けれど、彼女は食い下がった。

「私、一色部長が好きなんです、ずっと……ご飯とか一緒に行きたいって思っていて……」

「……そうですか」

一色はしばらく沈黙した。彼女はさらに言葉を続ける。

「付き合っている人がいるという噂は聞いています。でも、私はその人より前から、ずっと好きです。初めて見た時から、ずっとです。何度かそれっぽいことは、私、言ったと思うんですけど」

「そうですね。それは、なんとなく」

一色の声音が少し低かった。怒っているというわけではなくて、困っているような響きだった。気にしすぎだろうか？

「いつもスルーされていて……もちろん、一色部長が落ちない人だってよく知っています。でも、……私は、彼女以上に、一色部長のことが好きです、だから、その……私のことも、考えていただけませんか？」

美人でおしゃれな先輩社員の告白を聞いて、由良は胸がキュッと痛くなる。彼女の声にはたくさんの思いが詰まっているように聞こえた。きっと真剣に一色のことが好きなのだ。

由良だって彼への思いは負けないつもりだ。しかし自分と同じように思いを抱えている人がいるということに、由良の心は乱れた。

「僕が付き合っている子を知ってる？」

「はい、市木さんでしょう？　ちょっと小さくて、可愛いけれど、地味な感じの。もっと明るい色の服を着たらいいのに、会社員やってます、って感じなのでもったいないですよね」

彼女は落ち着かない様子で髪に触れながらうつむいた。

地味な感じの、というのは的を射ていた。今日の自分の服装だって、ＴＰＯには合っているけれど、ありきたりだった。

未來のようにふわふわのスカートなどを着ていれば、もう少し印象が違って見えるのだろうか。

「仕事をするのに適した服であればそれで十分だと思いますが。市木さんはそこをわきまえているし、見た目に僕は左右されません。個人的な感情抜きにしても」

「今日の先約は、市木さんですか？」

「ええ。今日は彼女と会います。なので、君の気持ちには応えられません。それは、これからもずっとです」

これからもずっと……。そうきっぱり言ってくれたことに、由良の胸が早鐘のように躍る。

彼女には悪いと思いながらも、嬉しさが込み上げてくるのを否定できなかった。

きっと、こんな思いをするのは今だけじゃない。この先もこういう人が現れて、由良の心を掻き乱そうとするのだろう。

そのたびに傷つくかもしれない。

一色は誰が見ても素敵な男性だし、傍から見ても地味な自分と釣り合わないように見えるのは仕方がない。

それでも彼が好きだし、この気持ちは変わらない。

彼も同じ気持ちでいる。それだけで十分なのだ。

「今日は一日、手伝ってくれてありがとう。お疲れ様でした」

一色の声が聞こえたかと思うと、遠のくヒールの音で彼女がいなくなったのだとわかった。

由良がそっと階段の踊り場を再度見ると、一色とばっちり目が合ってしまう。彼は一瞬驚いた顔をしてから、すぐ状況を察したようで苦笑いした。

「見てた？」

階上にいる由良を見てそう言って、手を差し伸べるように上げた。由良は階段を下り、彼のそばまで行く。

「聞いてました。すみません、帰ろうとしたら……」

みなまで言う前に、一色に頭を優しく撫でられる。

「わかったよ、由良。状況は聞いていた通りです。君がいるから、彼女の思いは断った」

由良は自分の胸に手を当て、キュッと握り締めた。

「青さんのきっぱりと断った態度が、嬉しいって思ってしまいました……彼女は振られてしまったのに……もし私が彼女の立場だったら、きっと……泣いてしまいます。仕事も休むかもしれません」

一色はしばらく黙ったままだった。由良が見上げると、眼鏡を押し上げる。

「じゃあ、断らない方が良かった？」

「いいえ！　そんなことありません！　嬉しいって思ってしまったのが、なんとなく、悪い気がして……真剣だったと思いますし」

「いいんじゃないかな、それで。僕は、嬉しいって思ってくれる方が嬉しいよ」

にこりと笑った彼は由良の頬を大きな手で包む。

「それとね、由良」

「はい……」

彼はそこまで言ってから由良の前髪を掻き分け、額にキスをしてから見下ろす。

「君のそういう優しいところ、僕は大好きです」

一色の言葉に、心臓が跳ね上がる。

大好きです、というフレーズが、由良の頭で何度も何度もリフレインした。

一色青という人は、ただ憧れていたころも、今も、なんて由良をドキドキさせるのだろう。

なんて夢中にさせるのだろう。

由良は彼を見上げ、背伸びして彼のスーツの襟を掴み、チュ、とキスをした。

すぐに我に返ったのは、ここは階段の踊り場だということを思い出したからだった。

「す、すみません、こんなところで……！」

顔を真っ赤にしながら身を離すと、彼は少し声に出して笑った。

「大丈夫、誰もいなかったから」

由良の腰を抱き寄せた一色は帰ろうか、と言った。

「一緒に？」

「いけない？」

別にいけないことはないけれど、これでは余計に由良と一色の関係がバレそうな気がする。しかも一気に、光の勢いで。

「もう、いいと思うよ？　付き合いを申し込んだのは僕の方だし、君とは、結婚の約束もしましたからね」

結婚の約束、というところを少し小さく言った彼は、由良だけが知る微笑みを向けた。優しい目をした、恋人の顔だった。

「そう、ですね……」

「開き直った方が勝ちですよ、由良」

そんなこと言われても、と由良は思いながら彼と階段を下りる。

「帰ったら、明日の相談をしたいですね。君のお父さんに何を買って行くか。到着時間は十一時でよかったよね？」

「はい、そうです。父は甘いものなら何でもいいと思いますけど……」

「それはそうかもしれないけど、僕は父親から娘を奪う側だからね。きちんと考えて行かないと」

　一色は眼鏡を指で押し上げてから大きくため息を吐く。

「あの、青さん……」

「ん？」

「う、奪ってくれないと、ダメですよ？　父は気難しいタイプではないし、青さんを見ればきっとどうぞどうぞ持っていってください、とか言いそうですが」

　父を思い浮かべながら言うと、一色は軽く眉を寄せ、髪の毛を掻き上げる。

「そうだったらいいけど……緊張して失敗しないようにしないと」

　なんでも余裕の表情でこなす一色が緊張している様子を想像して、由良は思わず笑ってしまった。

「クールな一色部長らしくないですね」

　由良の言葉に一色は、全く、と言って由良を見る。

「君の知っている一色部長だって、人間なんですよ？」

　そうして互いに笑い合って、展示会場をあとにする。

　ご飯はどうしようか、などと会話をしながら帰るこの時間がとても幸せだと思った。

　これからはずっとこうなんだと思うと、由良は夢でも見ているんじゃないかと考えてしまうけれど。幸せすぎて思わず頬をつねってみる。

「由良？」

「なんでもありません」

彼は現実に隣にいて、由良の名を呼んで一緒に歩いている。

この何ともいえない思いで胸をいっぱいにしながら、由良は一色の手をそっと握った。

12

実家には、展示会が始まる前に一色を連れて行く旨を伝えていた。電話に出たのはいつも通り母で、結婚したい人がいると、正直に伝えた。

母はもちろん驚いていたし、どんな人なのかと聞いてきたのだが、会社の上司で優しい人だとだけ言った。もっと聞きたそうだったが、詳しくは当日にとかわして、それだけに留めておいた。

父もびっくりしたらしく、母が一通り話したあとすぐに電話を交代して、同じようにどんな人なのかと聞いてきた。由良は母の時と同じように答えたが、父はさらに会社の上司とは言うけれど、主任とか課長とか役職があるのかと尋ねられた。

『私が配属されている、デザイン事業部の部長、だけど』

『部長!?　あんな大手企業のか!?』

うん、としか答えなかったら、父も、そうか、と言って口を噤んだ。それで父はなんとなく納得したような感じになり、また母が電話口に出て、お互い都合がいい日にちを決めて電話を切った。

後日、母からショートメールで、時間を空けておく、待っているというメッセージが届いた。

実家に行く前に、デパートで父が好きな甘い和菓子を買い、電車で由良の家に向かう。

約束時間よりも少し遅れそうになってしまい、一色が頭を抱える。

「時間大丈夫かな……取引先が相手なら電話で伝えればいいけど、君の家に行くというのに、遅刻はしたくないな……」

「大丈夫。ギリギリ約束の時間に着きます」

「そう？」

「はい。私は何度も実家に帰ってるから、わかります」

ほんの少しほっとした表情。

それを見て由良は笑ってしまった。

「青さん、すごく緊張してる。なんだか新鮮」

「当たり前です。娘さんをくださいっていうのに、緊張しない男がいたら教えて欲しい。それに、両親も身寄りもいない僕のもとに君は来るわけだから、しっかりしないと」

一色の、両親も身寄りもいない、という言葉が胸に突き刺さった。一色は、たとえばこのまま結婚もせず独身でいれば、天涯孤独のままだろう。

由良と出会い、この先一緒にいることによって、彼はそういう寂しい人生を送らない。

二十歳の時に両親を亡くし、寂しくなかったわけがない。いきなり一人になってしまって、孤独感を募らせたはずだ。

これからは絶対に寂しい思いをさせたくない。

「青さんは、上司ということを抜きにしても、しっかりしています。落ち着いていて、優しくて、私よりも家事がうまくて。尊敬することばかりで、私は、そういう人と結婚できることが幸せです」

由良がそう言うと、彼は由良の手を取り、指を絡めてそっと握る。

「君からそう言われると、嬉しい」

「本心ですからね？」

「わかってるよ。だから嬉しいんじゃないか。由良からそう思ってもらえて、僕も幸せだ」

微笑んだ彼の表情が眩しい。

由良はいつもこの人の笑顔に惹かれ、素敵だなと思っていた。片思いの期間が長く、自分はデザイン事業部で役に立っているかどうかもわからず、こんな自分が彼に告白したところで、何も変化はないだろうと思っていた。

きっと、振られて終わりだろう、と。

けれどそうではなかった。一色もまた由良のことを思っていたなんて、考えもしなかった。

「それに、私は青さんとこうして一緒にいて、結婚までするなんてとんでもないことだったから。いつも夢じゃなければいいなぁ、って……青さんのこのぬくもりがずっとあればって、思っています」

一色を見上げると、彼は髪の毛を掻き上げて笑みを向けていた。

「ずっとそばにいるよ。変わらない、この心は。僕は君じゃなきゃ、ダメなんだ」

いつもいつも、甘い言葉をくれる。

由良の気持ちに自信をくれる。

何度聞いても、低い声で言われる告白は甘く痺れて、由良の心を蕩けさせる。

「まずは、お互いが一緒にいるために、きちんと挨拶をしなければならないな……」

一色はネクタイを軽く直し、ふう、と息を吐く。

「大丈夫だと思いますよ？」

こんな素敵な人を由良が連れてくるなんて思いもしないだろうから、何も問題ないと思う。

今日は兄も来ると言っていたことを思い出しながら、由良は彼に言った。

「今日は兄もいるそうです」

「そうなんだ……さらに気を引き締めないと」

緊張が彼の手から伝わってくる。

らしくない一色を見られるのは由良だけ。それが少しだけ楽しいとは、とても彼には言えなかった。

☆

遅れそうだったが、由良の読み通り約束の八分前に着くことができた。

実家の玄関に立ち、一色がインターホンを押す。

今日の彼は黒のスーツに、白いシャツ、青色のネクタイ。いつも通りベストを着ていて、左手には馴染みの腕時計。このまま重役会議にでも出られそうな、一分の隙もない完璧な姿だ。

由良は淡いブルーのワンピースに紺色のジャケットを合わせていた。両親相手とはいえ、挨拶なのできちんとした格好を心がけていた。

一色が緊張しているのを見て、由良も気を引き締めるようにぐっとバッグを握る手に力を込めた。

インターホンで名前を告げ、解錠されたのを確認して家のドアに手をかける。

由良の家は小さな一軒家だ。一色の家と比べると敷地は狭いけれど、両親が大事に使っているから外観も綺麗だと思う。庭いじりは父の趣味でもあるので、生け垣は綺麗に剪定《せんてい》してあった。

「君の家は、なんだか和む感じだな」

「普通の家、って感じですよ。今は、父と母が二人で住んでいますが、私が暮らしていたころとあまり変わりはないです」

ドアを開けて中に入ると、両親が二人とも玄関に出迎えていた。

「お父さん、お母さん、こちら、私がお付き合いをしている、一色さんです」

青さん、と言えばよかったかも。

少し声が硬くなってしまったが、そのあとは一色が穏やかな声で引き継いでくれた。

「こんにちは。初めまして、由良さんとお付き合いをさせていただいております、一色青と申します。今日はお忙しい中、お時間を取っていただき、ありがとうございます」

一色が頭を下げるのを見て、由良も慌てて頭を下げた。

「どうぞ、上がってください」

一瞬遅れて父がぎこちない声で返事をした。その様子に両親も緊張しているのがわかる。

二人とも一色を見た時に一瞬目を丸くしていた。由良がこんな素敵で立派な人を連れてくるとは想像もつかなかったのだろう。

「どうぞこちらへ」

「お邪魔します」

一礼して靴を脱いで玄関に上がり、両親に案内されるままに彼の後ろをついていく。

彼の背中は広く、スッとまっすぐでとても姿勢が良い。片思いをしていた頃は、この背中を遠くからずっと見ていたことを思い出した。その彼が自分の実家にいることが、未だに信じられない。

客間では兄が立ってこちらを見ていた。失礼します、と言って中に入る彼に兄を紹介する。

「青さん、兄です」

由良が言うと、一色は頭を下げて挨拶をした。

「初めまして。一色青と申します。今日は、お忙しい中お時間を作っていただきありがとうございます」

「あ……初めまして、由良の兄の良紀《よしき》と言います。今日はよろしくお願いします」

一色は兄とも挨拶を交わし、父に座るよう勧められたので、失礼しますと断ってからソファに腰を下ろした。兄は父の隣に座り、ほどなくしてコーヒーが全員にいきわたる。

彼は再度軽く挨拶してから、袋から手土産を取り出し、父に差し出した。

「甘いものがお好きだと伺いましたので。お口に合うといいのですが」

「ああ、これはどうも、ありがとうございます」

丁寧に受け取った父は、一色の顔をじっと見て、それきり黙り込んでしまった。

一色は怪訝に思ったのか、ほんの少し首を傾げ微笑んだ。

「あの……何か……？」

父だけでなく、母も兄も一色を見つめていた。先に口を開いたのは兄だった。

「いや……ただ、妹からはお付き合いをしているのは上司で、部長をなさっていると聞いていただけで……年齢もどんな人なのかも知らなかったものですから……一色さん、イケメンって言われません？」

いきなりそんなことを言い出して、由良は焦ってしまった。

「お兄ちゃん、そんなこと聞かなくても……返答に困るでしょ？　青さんは、私の部署の部長さんで、他の部下からもとても頼りにされている方です」

この場を取り仕切るのは自分の仕事だと、由良はどう説明をしたものかと冷や汗をかく。そんな由良の気持ちに気づいたのか、一色が口を開いた。

「私は由良さんの上司で、デザイン事業部の部長を務めております。部長になったのはわりと最近でして、まだ慣れないこともあるんですが、由良さんのような部下に助けられています。年は、今年で三十三です」

由良は特に説明しなくてもいいだろうと思って、年齢のことも言わなかった。ただ上司とだけ言ったのがいけなかったのかも、と反省した。

「三十三歳でしたら、俺より年上ですね。でも、そんなに若くて部長さんとなるなら、それだけ優秀なんでしょう。しかも外資系の一流企業ですし」

良紀はなんとなく一色に対してあまり良い印象を持っていないような様子だった。

「青さんは、すごく優秀な人。だから、私、とても尊敬してる」

「三十三歳……てっきりもっと若い方かと……由良とは年が離れていますね」

腕を組んだまま黙っていた父がそう言って、由良と一色を交互に見る。こんなことなら最初から年齢を伝えておくべきだったと、ますます由良はハラハラ落ち着かない気持ちになる。

「はい、少し年が離れていますが、由良さんといるとこっちが学ぶこともあり、私の方こそ、尊敬しています」

一色が由良から学ぶことなんてほとんどないだろう。嘘も方便かもしれないが、由良はなんだか恥ずかしいやら、面映ゆいやらで身じろぎをする。

「でも……こう言ったらあれですが、一色さんほどの人だったら、由良より良い人がいるんじゃないでしょうか？　大手企業の部長クラスでしたら収入も高いでしょうし、何よりそれだけカッコイイんでしたら、もっと綺麗な人や、同じくらい仕事ができるような人だったり、選り取り見取りでしょうに」

表情を険しくさせる兄の言葉には険があった。

いつもはこんなことを言う人ではなく、由良を可愛がってくれる優しい兄だ。けれど、そんな兄だからこそ、もしかしたら一色のことを警戒しているのかもしれない。

「お兄ちゃん、そんなこと……」

思わず腰を浮かせて由良が言い返そうとすると、一色が由良の肩にそっと手を置いた。

一度由良に視線を送ってから、彼は両親と兄を見て背筋を伸ばし、まっすぐな姿勢で話し出した。

「私には由良さんが誰よりも魅力的に見えます。優しくて芯もあって、仕事に一生懸命。さまざまな人がいる社内で、気配りをして人同士を繫ぐことができる。明るく朗らかで、彼女と話をすると自然と笑顔になる。僕は、そういう由良さんに惹かれて好きになりました」

いつも由良が彼から言われる言葉だ。君だから好きになったのだと、繰り返し言われる甘い言葉。

「上司が部下にというのは、どこか強制的な感じもするんですが……」

さらに兄は一色を疑うような言葉を向ける。

心配してくれているのだと思う。だが、兄にはそんな風に思って欲しくないし、こんなことも言って欲しくなかった。

反論したがっていることが兄にも伝わったのだろう。兄が由良に視線を向けた。

「由良の言いたいことはわかる。けど、由良は妹だし、幸せになって欲しいから、思っていることはきちんと言って、答えが聞きたい」

「お兄ちゃんがそう思っても、私は青さんのことよく知ってる。心配は嬉しいけど、お兄ちゃんが思っているような人じゃないから」

由良の言葉を聞き、黙っていた母が口を開いた。

「一色さんは、どうして由良なんでしょう……好きなところはわかりましたけど、息子の言うことも良くわかります。私たちは、由良が分不相応なすごい人を連れてきたな、って思ったんですが……由良には、もったいないほどの人なのかも、と思うところもあるんです」

由良自身も、一色と付き合うことになった時そう思っていた。自分にはもったいないほどの人が恋人になったと。

でも、彼が何度も好きだと言葉を尽くして伝えてくれた。そしてたくさん抱き締めてキスをしてくれた。

だから、由良は彼の隣にいていいのだと、今はよくわかっている。

もちろん、この人が好きになってくれたのは奇跡だという気持ちは消えないけれど、それだけ彼のことを由良自身が好きでいたらいいのではないか、と思っている。

「由良さんと私は上司と部下で、その関係以上になることは、私の中でもルール違反でした。しかし、彼女の朗らかで人を思いやるところ、優しい気遣い、周囲が和む空気。絶やさない笑顔と人の話をきちんと聞く姿勢が、私の中の何かを解きほぐすというか……」

そこで一色は口を噤んでから、フッと口元を緩めて由良の両親を見た。

「私は、天涯孤独です。父と母は海外の仕事から帰国する時に飛行機ごと行方不明になり、祖父母も他界しています。私もそうですが、父母共々一人っ子だったので、頼る親戚も誰もいません。二十歳の時、いきなり一人になり、それからどうにか学校を卒業し、今の会社に就職したわけですが……そんなことがあったからか、あまり人を寄せつけなくなってしまっていました。大切な人を作ると、いなくなってしまうのが怖かったのかもしれません」

言い終わったあと由良に目をやって、優しい笑みを見せた。

由良の一番好きな表情。

「私は部長ですし、由良さんと話す機会はほとんどなかったです。でも、私は由良さんと話したい気持ちが強かった。彼女の気持ちが私に向いているのを知り、付き合いを申し込んだのは私です。絶対に部下とは、と思っていたのですが、由良さんを知るにつれ、こういう人にそばにいて欲しい、と心から思うようになりました。……いつもたわいのない話を聞いてくれて、優しい笑顔を向けてくれる人。……彼女と一緒にいることで、わかったことは、ずっと寂しかったんだということ、そして彼女に救われたということです」

一色は再度両親を見た。

眼鏡を押し上げた彼はほんの少しだけ沈黙し、それから話し出す。

「この家に着いた時、とても心が和む感じがしました。この家で由良さんが育ったのがわかるような、そんな家でした。私には家族はいませんが、由良さんがいると寂しくなくていつも幸せな気持ちになります。くったくのない笑顔も好きです。年の差もあり、上司と部下ということもありますが、それを乗り越えてでも、私が由良さんと一緒にいたいんです」

一色の言葉は、由良の心にいつも響く。

由良こそ、一生一緒にいたい。彼の家族になりたいと思う。

家族の言うこともよくわかるけれど、由良はもう、一生に一人の人を決めている。だから、

一緒にいることを許して欲しいと思った。

「由良さんと、結婚させてください。よろしくお願いします」

一色が深々と頭を下げるのを見て、由良は胸が詰まった。じわじわと瞳に滲む涙をこらえて由良も一緒に頭を下げた。

「由良を大事にしている、本当に好きなのだという気持ち、良くわかりました」

父が顔を上げてください、と言った。

一色と由良が顔を上げると、両親は微笑んでいた。兄はちょっと釈然としない顔をしていたが、それでも最初と比べると雰囲気が丸くなったようだった。

「由良と新しい家族を作ってください。もう、寂しい気持ちがないように、明るい家庭を作ってください。由良は一人娘で、いつかはこういう日が来るとわかっていましたが……あなたのようにしっかりした人なら、大丈夫でしょう。いたらないところがある娘だと思いますが、よろしくお願いします、一色さん」

今度は両親が頭を下げた。

「必ず、幸せにします」

隣にいる一色が両親に力強く宣言した瞬間、由良は言葉では表現できない嬉しさが込み上げてきて、膝の上に置いていた手をぎゅっと握り締めた。目の奥が自然と熱くなって大きく息を吸う。この人と結婚して夫婦になる。そして自分も彼を幸せにするのだ。

「俺にとっても由良は大事な妹です。幸せにしてくださいね」

「もちろんです」

即答した一色が兄に微笑む。そうすると兄はスッと視線を逸らし、落ち着かない様子を見せた。

「私も幸せになることを、約束します」

家族にそう言うと、父も母も兄も、何とも言えない優しい笑顔になった。

一色の言葉がこんな顔にさせたのかもしれない。彼の気持ちが由良の心にも響いた。

彼と家族になり、絶対に寂しい思いをさせない。

時には喧嘩をするかもしれないし、一色が何でもやりすぎて、由良が拗ねることもあるだろう。

でもそれは家族だからだと思うと、考えるだけで胸が温かくなる。

ずっと一緒にいたいです。

そういう気持ちで一色の目を見ると、彼はわかっているよ、というように由良を見つめた。

「ところで、結婚式は、するのよね？」

母はどこかソワソワした様子だった。もう結婚式だなんて、気が早いなと由良は思う。

「それはまだ未定。これから二人で決めるから」

ね、という風に彼を見ると、うなずいた。

「二人で決めます。できれば式を挙げたいと思っているのですが、私の方に親戚がいないので、そのあたりも考えていきます」

その言葉に納得したのか、母はニコニコと笑みを浮かべる。

「そろそろお昼だし、何か作るわ。一色さんも食べて行ってください」

なんだかんだで緊張していたからか、由良はお腹が減っていなかった。きっと一色もそうなんじゃないかとちらりと彼を見る。

「いえ、お言葉に甘えるわけには……」

遠慮の言葉を口にした一色だったが、母はいいのよ、と言った。

「食べて行って欲しいの！　もう、一色さんは他人じゃなくなるんだから」

母の言葉に、一色は断りの言葉をこれ以上言えないと思ったようだった。

「ありがとうございます」

母は一色からお礼を言われただけなのに、ほんのり頬を染めていた。

「嫌いなものはないの？」

「特にありません」

「好き嫌いないのはいいことよね。良紀は好き嫌いが多いのよ」

その途端、兄はバツの悪そうな顔をした。

「俺のことはいいだろ」

ふてくされたような顔を見せる兄に、母はあなたも見習いなさいとお小言を言う。それだけで空気が一気に和んだ。

一色が由良の家でご飯を一緒に食べるということがくすぐったくて。もうすでに家族のような気がして。

彼と本当に家族になるのはもうすぐそこだと、嬉しさが込み上げた。

13

由良の実家に挨拶をして自宅へ帰ると、午後四時に差しかかろうとする時間だった。

彼女の実家で昼ご飯をいただき、由良は会社でどうなのか、青はどこの大学に行ったのかという話になった。自分のことを他人にそんなに話したことがないので、内心戸惑っていたが、たぶんスムーズに答えられたのではないかと思う。

二十歳まで両親がいたから、家族と暮らすことや、他の家族と接することもできると思っていた。けれどやはり十年以上の年月は大きかったようだ。由良の家族を目の当たりにして、今までは気づかなかったが、自分はずいぶんと寂しい人生を送ってきたんだなと思った。むしろ自分から好んで孤独を選んだのかもしれない。

彼女にはまた教えられたような、成長させられたような気分になり、内心苦笑する。

自宅へ帰り、すぐにネクタイを緩めるために指を結び目に入れると、自然と安堵のため息がこぼれた。

「今日は疲れましたよね、青さん。ごめんなさい、母がご飯食べてと引き留めてしまって……

移動時間を入れても、ほぼ一日、付き合わせてしまいました」

由良はなぜかシュンとした表情でそう言った。

ホッとした仕草があからさますぎて誤解させてしまったか、と青は由良の頭を撫でた。

「そんなことないよ、由良。ただ、君のご両親には初めて会いましたからね。それに娘さんをくださいと言って緊張していただけ。お母様の手料理も美味しかった。もう一度くらい挨拶に行かないといけないかもしれないね。結婚となったら」

大切な人の両親に会うのだから緊張して当たり前だった。けれど、これからずっと大切にしたいと思っている由良のためだったら、それは避けて通れない道だ。

由良の両親は雰囲気が柔らかく、とてもいい夫婦だった。父親はやや寡黙な雰囲気だったが、きちんと由良のことを考え、これから一緒に住むのかとも聞いてきた。

「そうですね。それに、もう一緒に住んでいることも、きちんと私が両親に言うべきだったかと……青さんに言わせてしまって申し訳なくて」

一緒に住んでいると言った時の家族の反応は、もうそんなことに、という感じだった。

しかし嘘はつけないので正直に言って、だからこそ両親に挨拶をきちんとしておきたかったと言ったら、彼女の父母も兄も納得したような表情だった。

「それはいいよ。一緒に住もうと言ったのも僕の方ですから。それに、両親もお兄さんも驚いていたけれど、それは君が同棲を始めるように思えなかったからでしょう。結婚前になんで、という気持ちもあるようだったけど」

由良が物言いだけに青を見つめてきた。でも、と言いたそうだったので、彼女の唇に指先で触れる。

「君が謝ることはありませんよ、由良。ご両親は許してくださったし、僕が君と一緒に住みたかった。だから、まぁ少し僕に対して思うことがあっても、それは当たり前のこと。可愛い一人娘であり、可愛い妹をもらいに行ったんだから、これくらい覚悟しています」

青が微笑んで由良の頬を手で包むと、ほんの少し彼女はうつむいた。

それからすぐに顔を上げて、青の胸に頬を寄せ、ふわりと抱きついてくる。

「今日は、家族に挨拶をしてくれて、ありがとうございます。好きです、青さん」

「だからいいんだよ。お互いのためです」

抱きついてきた由良を受け止め、優しく抱き締める。由良は細いが、柔らかい女性らしい身体をしているので、抱き心地がいい。

彼女は華奢すぎるのを気にしているけれど、青にとっては一番好きな身体だ。

「コーヒーでも飲もうか。君も気を張っただろうから、疲れてない？」

いくら自分の家族とはいえ、きっと由良自身も気を遣っただろう。背中を優しく一回ポン、と叩くと、彼女は大きく深呼吸をした。

「そうですね。青さん、なんでわかるのかな……」

「由良のことだからわかりますよ」

腕をほんの少し緩めると、彼女が青を見上げた。

「コーヒー飲みます……あ、でも、この家のコーヒーメーカー使ったことないから、一緒にコーヒーを入れてもいいですか？」

由良はコーヒーを入れるためなのか、ジャケットを脱いでソファーに置いた。

「もちろんいいよ。使い方は簡単だから」

青がそう言うと、違うんです、と言った。

「コーヒーメーカーによっても入れ方で味が違う感じがするし、それに青さんのコーヒーの粉の量を知りたいです。スプーンでどのくらい入れてるのか、教えてください」

青の好みを知りたいということだろう。それはとても嬉しく、心地よいことだった。

些細なことでも、青のことを知ろうとしていることをこんなに嬉しく感じるのは、きっと由良だけだ。

「ありがとう。じゃあ、一緒に入れようか」

青もジャケットを脱いで、シャツを腕まくりする。

「はい！」

キッチンに二人で立ち、コーヒーメーカーのタンクを手に取り、ミネラルウォーターを入れる。

「一人の時は数字の三のところまで水を入れて、コーヒーの粉は一杯半入れている。由良と一緒の時は、四のところまで入れてコーヒーの粉は二杯。たくさん飲みたい時は満タンまで入れて、残った分はアイスコーヒーにしています」

「そうですか。それが青さんのコーヒーですね」

そう言って由良はコーヒーメーカーにフィルターをセットし、コーヒー粉を入れる。

「君はどのくらいの濃さが好み？」

「青さんのコーヒーくらいの濃さが好きですね。会社では私、気持ち薄く入れることが多いです。スタッフの好みはだいたい把握しているんですが、お客様の好みはわからないので、薄い方が苦手な人でも飲めるかな、と思って」

由良の入れるコーヒーはいつも美味しいと定評がある。

そういう配慮があったのかと、由良の気遣いの細やかさが良くわかった。

コーヒーメーカーのスイッチを入れると、すぐに良い匂いが漂い始めた。由良の本質に触れたエピソードを聞き、やっぱり由良ではないとダメだと、心から思った。

「君は本当によく人を見ているんだな。好きだな、由良のそういうところ」

彼女の頬に手の甲で触れると、ゆっくりとだが顔が赤くなってくる。

「好きにさせられてしまうのは私の方です。今日のスーツ姿もカッコよくて。いろいろ言った兄にも、あんな風に言ってくれて」

ほんのり顔を赤らめた由良が青を見つめる。

ただ自分の気持ちを言っただけだった。

だがその気持ちを言ったことに、青は自分自身に驚きを隠せない。人に自分をさらけ出すことなんてほぼなかった。もともと、交友関係は派手ではなかったが、両親を亡くしてからは特にその傾向は強い。

大学時代はバイトばかりしていたので、友達と楽しい時間を共有するとか、親密な付き合いをすることはなく、ほぼ上辺だけの付き合いのような感じだった。

それはいい大人になっても続いていて、青は心を開いて話せるような人とはもう会えないだろう、と思っていた。

だが、今は目の前に由良という人がいて、これからの人生を一緒に歩もうとしている。

「由良のことを大切に思っているから、君のお兄さんの言うことにも答えることができた。それに、なんと言っても僕はもう君を手離せないから、どう反対されても、君とは一緒になるつもりです」

青がそう言うと、由良は火照った顔を隠すように視線を下に向けた。

「コーヒー、できたみたいです……」

いつの間にかコーヒーメーカーのスイッチが切れ、出来上がりを示すランプがついていた。

「私も、青さんと、一緒に生きていくつもりです。たとえ、青さんが先に辞令を受けて先にアメリカに行っても、私は、恋人、もしくは……その、妻、でいたいです」

見上げてくる由良の黒い瞳に引き寄せられるように、青は彼女を抱き締め、その柔らかい唇に自分の唇を寄せる。

「……っん」

小さく鼻にかかった息を吐いた由良のその声が、スイッチになったかのようだった。

抱き締める腕に力を込めて、それからそっと彼女の胸を揉み上げる。由良は小さいと気にしているが、青にとっては柔らかく、形の綺麗な可愛い乳房にしか見えない。

「あ、青さん、コーヒーが……んっ」

咎めるような由良の言葉を聞く気はなかった。唇を塞ぎ、水音を立ててキスを続けながら、背中にあるワンピースのファスナーを下ろし、ゆっくりと白い肩を剥き出しにする。

ブラジャーのホックを外し、胸を下から上へと揉み上げげた。その先端を軽く摘まむと、彼女が身をよじり、青のシャツをキュッと握る。

由良が軽く胸を押したので、ゆっくりと唇を離すと、彼女は青の緩めたネクタイを解き始めた。

「私ばかり、脱いで、ますから」

衣擦れの音をさせてネクタイを解き、それを手に持ったまま青のシャツのボタンを外していく。すべて外したあと、少し迷ってからシャツの肩部分に手をかけた。

脱がせるのを手伝うように腕を動かすと、彼女は下唇を噛んだ。

「全部は、まだ、ハードルが高いようです……」

「どうして？　この前は、僕のにゴムを着けてくれたでしょう？」

クスッと笑いながらわざと耳元に唇をつけて囁くと、由良はもともと赤くなっていた顔をさらに赤くする。

「そ、それは……そうですけど……でも……」

「ベッドに入ったら脱がせてくれる？」

耳朶に何度もキスをすれば、由良は赤い顔で小さくうなずいた。

もうすでに青の下半身は熱く張り詰めていた。彼女の細い膝に腕を通して抱き上げ、寝室へと向かう。

由良にキスをしながら移動し、ベッドのそばで下ろした。

「ベルトを外して、由良」

「……はい」

由良はためらうような様子で青の前にひざまずき、ベルトを外し、スラックスのジッパーを下げていく。

彼女を立ち上がらせてから身体を抱き寄せ、中途半端に着ていたワンピースを完全に脱がせ、床に落とす。

「スラックス、まだ脱げてませんよ？」

「そ……ですね」

由良は青の腰に手をやり、スラックスを脱がせる。それから顔をうつむけながら下着に手をかけ、そこで止まる。青はあえて何も言わなかった。すると彼女は大きく息を吸ってからゆっくりと下着を下ろした。

「よくできました」

真っ赤に頬を染めた由良を抱き上げ、二人でベッドの上で向かい合う。

腕に引っかかっていたブラジャーも取り去ると、白くて柔らかそうな胸が先端を尖らせていた。指先で触れると、息を詰めるのがわかった。

「君は、僕を煽る身体になった」

恥じらう由良の姿に、青の身体も熱くなっていた。

近くにあるチェストに手を伸ばしゴムを取ったが、なんだか今日はきちんと着けられるか自信がなかった。

いつも由良の前では欲望にまみれたただの男になってしまう。

「そんなこと、ないです」

睫毛を震わせて否定の言葉を口にするのが可愛いと思う。

「おいで、由良」

手を伸ばすと、由良はぎゅっと柔らかい身体を押しつけて抱きついてきた。

見つめ合い、桜色に染まった頬を撫で、彼女の顔がよく見えるように髪を掻き上げる。何度抱いても初々しい顔を見せる由良を見ていると、たまらない気持ちになる。

すくった髪に口づけを落としてから、額に頬に、そして唇にキスをする。

すぐに舌を入れて口内を堪能した。小さな彼女の舌を追いかけて貪るようにキスをすると、由良はぎゅっと腕を握り締めてきた。部屋に二人の吐息と水音が響く。

由良のショーツに手を入れ、中を探るともうすでに潤っていた。これで煽る身体ではないとは言えないだろう。

指を突き立てただけで、きゅっと締めつけてくるのだから。

「キスだけで、僕を欲しがってくれてる」

彼女の背中に手を添えて横に寝かせ、そのまま覆いかぶさった。ゆっくりショーツを脱がせ、指を動かすと、愛液がとめどなく溢れて動きを助ける。腰をビクリと震わせる様子は色っぽく、青の中の男を掻き立てた。

「あ……っ……青さんが、触る、から……っ」

狭い入り口を何度もほぐし、抽挿を繰り返して由良の反応を窺う。

青はゆっくりと顔を由良の足の間へ移動させた。そして蜜で溢れた彼女の入り口を舐め上げる。

まった。

「や……あ……っ」

身をよじるように腰を震わせ、いっそう激しい水音が青の耳に届いて、それにも興奮してし
「なんだか……ゴム着ける時間が惜しいな」

顔を上げて彼女の中から指を抜き、自身の昂りを彼女の肌にすり寄せると、由良がゴムを手に取って潤んだ瞳で青を見つめた。

「いいですよ、今日、危険日じゃ……ないので」

まだ籍を入れたわけではないから避妊すべきだ、という思いが頭をよぎる。しかしそれと同時に由良とゴムなしで繋がりたい気持ちが湧き上がる。

彼女と薄い膜なしで繋がるのは、どんな感覚なのか、と。

「でも……」

青は少しためらった。けれど彼女は微笑んで青を見つめる。

「一度、きちんと青さんを、感じたいんです……」

そう言ってキュッと抱きついてくるからたまらなくなる。青は由良の頬を撫で、小さくキスをする。

彼女がゴムなしで繋がるのを許すのは、結婚する相手だからだ。何度も抱いている華奢な身体を見て、青はもう避妊などしたくないと思えた。

この人は自分の妻になる。長い人生の先は二人だけというわけではないだろう。両親にも挨拶を済ませているし、由良自身も青を避妊せず受け入れようとしている。

「いい？」

小さくうなずくのを見て、青は由良の足を開いた。

相変わらず恥ずかしそうにするその表情にも、青は欲情を高めてしまう。

彼女の身体の隙間にゴムを着けずに自分のモノを宛てがった。

ゆっくりとぬかるみに侵入し、由良の身体の奥を目指しながらじっと彼女の顔を見つめる。

由良は圧迫感に耐えるように眉根を寄せ、視線を逸らそうとしたが、青はそれを許さなかった。

「由良、こっちを見て」

今、誰が抱いているのか、そして夫となる自分を受け入れるこの瞬間を、由良にも知って欲しかった。

見つめ合い、ひとつになる瞬間を二人で味わう。

「……っあ！」

最奥に届いた時、由良は甘い声を上げた。

ただ一枚薄い膜に覆われていないだけで、青は今までにない気持ち良さを感じた。由良の中は生身の青を温かく包み込む。

「……っは！　気持ちいいよ、由良」

少し腰を揺らしてから由良の手を握り締めた。その瞬間、由良の目尻から涙がこぼれる。それを見て、青は心から彼女を大切にしたいと思った。生涯を誓い合ったこの人を何ものからも守りたい。そんな思いが胸に溢れた。

「由良……っ」

青は由良の腰を引き寄せ、ゆっくりと揺すり上げる。

快感を追い、肌がぶつかる乾いた音がどこか遠くに聞こえるくらい、彼女の身体に夢中になっていた。

腰を打ちつけるたびに、彼女のささやかだが柔らかい胸が上下に揺れる。その様子も青の下半身を疼かせ、揺れる白い膨らみを揉み上げる。

首筋に唇を寄せ、濡れた音を立てながら彼女を味わい、ゆっくりと腰を回すように動かした。

「胸、ダメ……っあ！」

由良が胸を突き出すように背を反らせる。彼女の中が青を締めつけ、そのたびに歯を食いしばり、爆発しそうな快感に耐えた。

「あっ、あっ、あっ！　あおい、さ……っんん！」

とにかく気持ち良くて、良すぎて、由良の身体を抱き上げ自分の足の上に座らせる。より深くなる結合に彼女は目を潤ませ、青を見た。

「青さん、が……深い……っ」

彼女は自分の身体の重みの分、青のモノに突き立てられていた。濡れた二人の肌が密着し、そのぬくもりが心地よくて青は熱い息を吐き出した。

「由良……君の中、すごくいいよ」

耳元でそう言ったあと、その白い首筋に顔を埋める。由良は息を詰め、青の背中に軽く爪を立てた。

「は……っあ、あお、いさ……っ」

いつもこうやって彼女の身体を愛しすぎてしまう自分のことを、どう思っているだろうか。

ここまで夢中になる人は今までいなかったし、もう手放せない。

「ごめん、由良。……このまま、受け入れて」

中に出してしまうことを断りながら、由良の身体を強く抱き締めた。彼女の腰を掴み、グッと結合を深くすると、由良の腰が震える。

青のごめん、という言葉に由良は首を振り、彼女自身も青の身体を強く掻き抱く。

「いい、の……青さん、好き……っあ!」

その言葉によりいっそう、自分の滾った熱が大きくなるのを感じた。

下から欲望のおもむくまま突き上げ、彼女の唇を奪う。

「あ……っん……っんぅ」

深いキスをしながら彼女の細い身体を揺らし、濡れた卑猥な音と肌がぶつかる乾いた音が耳に届く。

唇を離すと由良の口が開き、赤く染まった唇から甘い声がこぼれた。

「あ……は……っあ！　っん……っん！　っ……青さん……もう、ダメ……そんなに、しないで……っあ！」

彼女が限界なように、青ももう限界だった。

「僕も、イキそう……」

互いに忙しない息を吐き出しながら、青はよりいっそう強く早く由良の身体を突き上げた。濡れた淫らな音を立てているのは彼女の愛液か、青自身から滲み出たモノなのかわからない。それくらい溶け合って、繋がりを深くしていた。青は彼女の最奥まで自身を届かせ、そこで自分の中に溜めていたものを解放する。

「……っは！」

一度腰の動きを止め、それから何度か彼女の身体を揺らし、快感とともに放ったものを、由良の中へと送り込む。

自分の荒い息遣いが耳にうるさかった。

二人を隔てる薄いゴムがないだけで、由良のすべてが自分のものになったように感じる。いつの間にか由良は目尻から涙を一筋流していて、それがとても美しかった。

「愛してる」

自然とこぼれた言葉を聞いた由良は、脱力した手に力を込め、キュッと青を抱き締めた。

「私も、愛してます」

身体を繋げたまま由良の背をベッドに戻し、両手を取り指を絡める。彼女の手のぬくもりと、繋いだ手の確かな感覚は、青には必要なものだった。

「いつまでもそばにいて欲しい」

青が彼女の首筋に顔を埋め、少し体重をかけて覆いかぶさると、由良は小さく息を吐き出した。それから青の首筋に自分の頬をすり寄せる。

「いつまでも、あなたのそばにいます」

確かな言葉が耳に届き、青はギュッと目を閉じた。

14

一色と一緒に両親のもとへ挨拶に行ったその日。

由良はこれ以上ないくらいに一色に愛された気がする。

同意の上で、彼と初めて避妊具なしで繋がった。一色はとても気持ちよさそうで、色っぽくて。とにかく、由良はその様子を見て胸の高鳴りが止まらなかった。

彼は何度も由良を抱き、欲しがった。だから、イったのに夢中で腰を突き上げられて、由良はずっとずっと、イキっぱなしで。

彼がその証を放ったのを身体の奥で感じた時、どうしようもないほど幸せだったし気持ち良かった。

心も身体も満たされ、由良は指一本動かす力も出なくて、彼に抱き寄せられるまま、くったりと身を預けていた。

『由良、良かった……』

一色の身体は事後のせいか熱く、額には汗が滲んでいた。由良がどうにか腕を上げて彼の前髪を払うと、額の汗がつっと流れ、彼は由良を見つめていた。

思い出せば思い出すほど、あの時の一色はヤバイくらい色っぽく、由良の身体は限界だったのに、もう一度抱いて欲しいと思ってしまった。

もちろん、体力は持たないし、ただ彼のキスと優しく背を撫でる手に、身をゆだねるだけでもかなり満足したけれど。

あれから一週間経って彼と一緒に生活までしているのに、あの日の出来事とともに、彼に激しく求められて抱かれたことを何度も思い出してしまう。

今からこんな調子だと、結婚してからはいったいどうなってしまうのだろう。

それに、アメリカでの生活も考えなければいけない。

なぜかというと、展示会が終わり、一色とともに両親への挨拶を終えた直後、由良は内辞を受けていた。それは、一色と由良がアメリカ本社へ転勤が決まった、というものだった。

内辞を受けた日は、個人的に一色に会議室へ呼び出された。芽衣子もいたのでいったい何事かと思って内心焦った。

その様子を察してか、一色はクスッと笑って口を開いた。

『市木さんにアメリカ本社へ異動の内辞が来ました。受けてくれますね？』

一瞬何のことだと思いフリーズしてしまったが、由良は理解してからすぐに返事をした。

『はい、よろしくお願いします』

『僕にもアメリカ本社へ異動の内辞が来ていて、先ほど、承諾すると返事をしたところです。君の部署は、向こうのデザイン事業部となります。僕は会社経営側に回ることになりました。部署は違いますが、お互い、向こうで頑張っていきましょう』

そうして微笑んだ彼に、由良は頭を下げた。

一色と同じ部署に配属されないと思うと寂しかった。しかし、彼と一緒にアメリカへ異動なのだから離れるわけではない。

由良としては嬉しく、心からホッとした。

『おめでとう、市木さん。あなたなら、本社でもやっていけると思うわ。一色君と一緒に頑張ってね』

そう言って芽衣子が由良の手を取り、握手をしてくる。

『はい、ありがとうございます』

由良が芽衣子にも頭を下げると、彼女は満面の笑みでうなずいた。

あれは内辞だったが、そのうち正式な辞令が出るだろう。

本社へ行くということは、まだ周りには黙っている。内心、うまくやっていけるだろうかという不安な気持ちは消えないが、それは一色だって同じだろう。

とにかく受けたからには頑張らないと、と気を引き締めていたところで、未來が声をかけてきた。

「由良、おはよう」

ポン、と背中を叩かれて、現実に引き戻される。　未來はすぐに返事をしない由良に首を傾げた。

「由良？」

「あ……、おっ、おはよう、未來」

慌てて挨拶を返すと、未來は目を細めて、物言いだけに眉を寄せた。

「あー……なんか、由良、幸せな妄想してたんでしょ？　顔がにやけてるし、ちょっと赤い気がする」

隣のデスクに座った未來はバッグを置き、細い足で椅子を蹴って回転させて由良の方を向く。

「どうした？　なんか部長とイイ事あった？」

未來は周りに聞こえないよう、少し小さな声で言った。

ふふ、と彼女が頰を染めて聞くので、由良は小さくうなずいて口を開く。

「私の両親に会ってくれた。結婚、の挨拶、してきた」

未來は自分の口に両手を当て、大きく目を見開いている。それから深呼吸し、一つ間を置いて由良の両肩をガシッと掴んだ。

「由良、すごい……っていうか、結構短期間の間に、もう彼とそこまで……部長の本気度がわかるな。本当に好きなんだね、由良のこと」

羨ましい、と言いながら由良の肩から手を離す。

確かに一色と付き合った期間は短い。結婚をこんなに短期間で決めていいのか、と思う人もいるかもしれない。

けれど、一色は由良の大切で唯一の相手。彼にとっても由良は唯一の相手だ。

「で？　式はいつ？」

「まだそこまでは……。とりあえず、結婚の意思を伝えに行っただけだから」

「部長の両親にも挨拶したの？」

互いにヒソヒソと話す中、彼の両親のことが出て、由良は首を振る。

「そうなの？　じゃあこれからだね」

「違うの、未來……彼、ご両親を亡くしていて、兄弟もいないから一人なの」

「え……？」

「もしかしたら遠い親戚がいるかもしれないけど、そういう人とは会ったことがないみたい。だから、結婚式をするとなると、いろいろ考えないとね」

「……そう、だったんだ……」

未來が沈んだ顔をした。だがすぐに優しい顔を向けてきた。

「だったら由良は本当にぴったりだね。雰囲気が優しくて、人の話をきちんと聞いてくれて、気配りも上手。おまけに可愛いし、なんか抱き締めたくなっちゃうし」

「そんなこと……」

そう言いながら首を横に振りそうになり、由良は唇を引き締めてから大きく息を吐いた。

「……そうね。私がそばにいて彼が幸せだったら、ずっと一緒にいたい」

「そっか……そうだね」

お互い微笑み合い、由良は幸せを感じた。

大好きな彼もいて、結婚を約束した。それに同期で大切な親友もいるのだ。

これ以上の幸福はないだろう。

「あ、そうだ！　展示会の報告書、できてる？　いつも任せちゃってごめんね！　あと、小耳に挟んだんだけど、今日、辞令が一部あるらしいよ？」

未來の口から辞令という言葉が出て、びくんと肩が揺れる。

「辞令？」

「うん、この前、本社の社長が視察に来てたでしょ？　人事異動のこともあって日本に来てたらしいの。本社の社員もこっちに数人来る予定なんだって。部長が今日、出社したら発表するって噂」

由良は未來の言葉を聞き、ドキッとして目を見開く。

「どうしたの？　目、見開いて……」

未來からそう言われ、由良はすぐに目を瞬かせた。

「あ、ううん、何もないよ。今日、異動の発表があるかもしれないんだ？」

由良は少し焦ってしまい、声が裏返ってしまった。しかし、未來はそれを気に留めていないようで、ほんの少し眉を寄せてうなずいた。

「そうなのよ！　気になるよね？　誰が異動するんだろう？　一色部長かなぁ？」

由良は先日内辞を受けたので、きっと正式に発表されるのだろう。そして未來の言う通り、一色も異動する。

きちんと正式に発表されるまで、未來には異動することを言えない。親友に黙っているのもとても申し訳ない気持ちになる。

「どう、かなぁ……未來の予想当たるし、そうかもね……」

「部長は確実かもね！　でも、由良もあり得るかも……この前本社の社長と話してたし……見込みあるみたいなことを言われていたような……」

下唇に人差し指を当て、うーん、と言いながら考え込む仕草をする。

「それは……わかんないよ？」

なんとなくしどろもどろに答えてしまう。未來に黙っているのはつらい。それに、未來と離れてしまうのはやっぱり寂しい。

今までどんな話も聞いてもらって、いろいろと励ましてもらったりした存在がいなくなってしまって、向こうでやっていけるのかと不安がよぎる。

「どうしたの？　今日なんか変だよ？」

「そんなことないよ！」

未來は首を傾げながらも、でもさ、と由良の手を取る。

「由良も結構、ウチの会社ですごいことやったよ？　きっと本社の社長は今回の企画が気になったから来たんだよ。部長はずっと前から由良を本社に推薦したかったのかも？　前に、由良は一度アメリカで鍛えてもらってもいいって言ってたし」

「えっ!?　鍛える!?」

そんな話は初耳だった。コミュニケーション能力の高い未來のことだから、部長である一色と話している中で聞き出したのかもしれない。

「そうなの。今は実際に企画も動かして成功してる。だからきっと、由良にもそんな話、あるんじゃないかな。アメリカか～私も行きたいから、めっちゃ頑張ろうと思ってるんだけどね！由良がもしアメリカに行ったら、お手伝いとして短期間でも本社が呼んでくれないかなぁ……そうなったら嬉しいのに」

未來はいつも、由良の背中を押してくれる。

由良がアメリカへ行き、離れてしまっても、未來はきっとずっと変わらず友達でいてくれるだろう。

一緒に仕事がしたいと言ってくれるその言葉に、由良は胸が温かくなる。

由良の周りにはいつも良い人ばかり。

同期の優馬も、調子が良くて無駄に明るい、と言われることもあるけれど、彼の明るさは助けになっているし、彼の仕事運びは言動とは裏腹に、丁寧で確実だ。彼がいなかったら、時間に間に合わなかったことだってたくさんあっただろう。

由良の企画ではいつもフォローに回っていて、それでいて先輩との仕事も確実にするから、すごいと思う。

「あ！　部長来たよ……わー……みんな、注目してるね。ウチの会社、外資系だからか、人事異動は日本の規定通りじゃないもんね」

「……そうね」

一色が社員の方を向くと、フロアの浮き立つ雰囲気を察してか、苦笑した。後ろには芽衣子がいる。

「おはようございます。……僕に注目しているということは、もう人事の発表があるってこと、わかってるみたいですね。みんな耳が早い」

何人かが笑い声を出す。けれど、誰もが息を詰めているような空気なのは、由良にもわかった。

「知っての通り、今回の人事異動は、アメリカ本社へ異動する社員のみの発表です。各部署から一人から二人、異動ということになっています。で、ウチの部署からは、二人、異動となりました」

二人、と聞いて由良はキュッと手を握り締める。

手に汗をかきながら、一色の次の言葉を待った。

「本社異動は、私、一色と、市木由良さんです」

部署内からほんの少し唸るような、そんな声が上がり、由良は一気に注目を浴びた。

「やっぱり由良だった、おめでとう！」

未來が由良を抱き締める。

「いいなぁ、ゆらっち、おめでとう！」

優馬もそう言って肩を抱いてきた。

由良はみんなの言葉が嬉しかった。

きっと、いや絶対、自分だけの力で企画の成功はなかったし、いろんな人から助けられたから頑張れた。

由良の実力だけで会社に認められたわけではないが、こんな風におめでとう、と言って祝ってくれる人がいるのは、本当に嬉しいし、ありがたい。

これからも、頑張っていこうという意欲が湧く。

先輩たちも、おめでとう、栄転だね、と言ってくれる。

「おめでとう、市木さん」

芽衣子がそばにきてふわりと抱き締めた。それから、ふふ、と笑って言った。

「向こうでは、一色君と一緒に住むの？　それとも結婚かしら」

普通の声で、社員の前で言ったため、由良は顔を真っ赤にする。

「も、森本さん！」

「もうだいたい知ってることよ。ねぇ？」

先輩社員たちがうなずき合っていて、由良は両手で顔を隠す。こんな展開になるとは予想もしておらず、どんな顔をしていいのかわからない。

中には本当に知らない人もいた様子で、どういうこと？　と言う声も聞こえてきた。

由良はどうにもこうにも恥ずかしくてたまらなかった。なんだかみんなが、由良をにやにやとした顔で見ている気がする。

おそるおそる一色を見ると、苦笑しただけだった。

「付き合いを申し込んだのは僕の方だから冷やかしはなしにしてください。アメリカ行きは本社の決定事項だから、仕組んではいないですよ。それよりも、発表は終わったので、それぞれデスクに戻って通常業務をしてください」

付き合いを申し込んだのは、と堂々と告白してくれたことには助かったけれど。

結婚という二文字が出てしまったことは、どうにも恥ずかしさを隠しきれない。けれどもう皆に知られたのだから、気にしなくていいことは素直に嬉しかった。

由良を見て一色が微笑んでいるのが目に入って、ますます真っ赤になってしまった。

「ラブいなぁ」

その様子を見ていた未來は、由良を肘で突く。

「ほんとだな。マジ、幸せの絶頂じゃないかよ」

優馬も肘で突いてくる。

芽衣子はその様子を見て、微笑ましいとでも言い出しそうな表情だ。

「一緒に本社勤務、良かったわね。準備期間は一ヵ月だから、その間に英語に慣れておいて」

頑張って、と肩をポンと叩いて彼女は背を向け、自分のデスクへと向かっていく。

「英語……そんなにうまく話せない」

由良が顔を少し青ざめさせると、優馬と未來が緩く笑う。

「由良なら大丈夫だよ。不安になる気持ちはわかるけど」

「そうそう、一人じゃないんだから」

確かに由良一人ではない。一色と二人で新しい生活が待っている。どんな場所でもきっと彼と二人なら大丈夫。

一色に愛されて歩み出す新しい未来に、由良は期待に胸を膨らませるのだった。

☆

辞令を受け取った今日、堂々と一色と一緒に退社した。多少、冷やかしみたいな言葉を言われたが、一色は逆に丁寧な礼を言い、由良の手を取って歩いたのだ。

もう付き合っているということを堂々と見せつけてもいいのだけど、由良は一色が初めての彼氏でもあるし、なんだか照れるし恥ずかしい。

「今日は私にとって、いろいろ本当に大変な日でした」

帰宅し、平気な顔をして部屋に入っていく一色が恨めしくて、由良がほんの少し唇を尖らせて言うと、彼はクスッと笑った。

「まぁ、そうだね。あのあと森本さんにはきちんと言っておいたよ。みんなうっすら気づいているんだから、今さら明かさなくてもいいんじゃない、ってね。たぶん、彼女は二人で栄転するっていうことへのヤキモチみたいなものだから、気にしないでいいですよ」

由良も靴を脱いで彼の背中を追いかける。

「申し込んだのは僕の方って青さんが言ったからか、なんだか他部署の女の子たちからも視線感じましたよ」

「事実なんだから、しょうがない。最初はそんなつもりはなかったんだけど、君の顔を見たら言いたくなってしまってね」

一色はネクタイを緩めながらブリーフケースを置き、ソファーに腰を下ろした。

まだ拗ねている由良を見て、もう一度クスッと笑った彼は、小首を傾けて腕を伸ばす。

「こっちにおいで、由良」

由良はちょっとだけ眉を寄せたけど、素直に彼の隣に腰を下ろした。ふわっとした彼の匂いに包まれたと思ったら、肩を抱き寄せられた。

「君は意外と男性社員に人気があるから、宣言できて、僕は嬉しいです」

一色は由良に優しい笑みを向けた。軽く前髪を掻き分け、額にキスをする。

「そんなことないですよ」

「そんなことありますよ、市木由良さん。君は、可愛くて、気立てもいいから」

気立てもいい、なんてすごい褒め言葉だ。由良がほんの少し顔を赤くすると、彼は顎を持ち上げる。

「そういう可愛い顔も僕のものだと宣言できて嬉しいです」

「……青さんはそうかもしれませんけど、私はやっぱり恥ずかしいし。一色部長はもっと美人な人と付き合ってるんだと思ってた、なんて言われてそうです」

ついぶすっとこぼす由良の言葉に、彼は片眉を上げた。

「言いたい人には言わせておけばいいんです。僕が好きなのは、君だけだから」

一色の言葉に、心がいつも浮上してしまう。

彼がただ甘いことを言うだけで、由良の機嫌はすぐに回復してしまうのだから、現金だと我ながら思う。

「そこまで言われると、もう何も言えないじゃないですか」

頬を膨らませると、彼は由良の手を取り、キュッと握った。

「アメリカでも君と一緒にいられることになってよかった。僕が君を本社に推薦するまでもなく、向こうでは決めていたらしいからね」

由良は彼の言葉を聞き、首を振る。

「私そんなに優秀じゃないですよ？」

「優秀な人が必ずしも栄転するわけじゃないよ、由良。森本さんだってそうだった。彼女のやる気と根性が認められて、アメリカ本社で働くことになったんだからね」

由良はバリバリと仕事ができる芽衣子しか見たことがないので、一色の話を意外に思う。

「とにかく結果的に君と僕がアメリカ本社に異動です。部署は先日伝えた通り、君はデザイン事業部、僕は経営側に回る。住む場所は向こうが用意するけど、一緒に住むためには籍を入れた方がいいだろうね」

籍を入れると言われ、由良は目を見開く。確かにその通りだが、一気に話が進展したことで、由良は居住まいをただした。

「そう、ですか。確かに、しばらくアメリカでしょうから、そうした方がいいでしょうね。住む場所は本社が用意してくれるってことは、結婚している二人だったら、二人で住める広さの、ってことになるんでしょうか？」

「そういうことになるね。結婚式は日本ではできそうにないけど、君と夫婦になって一緒に住めたら嬉しい」

　そこで一色は少し言葉を切ってから話し出す。

「本当は、きちんと日本で式を挙げた方が、君のご両親やお兄さんにも失礼がないんだけど……一ヵ月後だからね。できればまた時間を作って、君の家に行きたいと思ってる。入籍だけして結婚式をしない、ということになるならきちんと事情を話さないといけない。式は向こうでも挙げられるけど、日本とアメリカではかなり距離があるからね。そこはご家族のご意向も聞いて、きちんと考えたいところです」

　一色は由良のこと、そして家族のことを気遣ってくれている。とても大事にしてくれていることが伝わって、それに応えるように握られている手に力を込めた。

「そうですね。私は、それはやっぱり、結婚式したいけど、まずは青さんと一緒にいることが重要で、大切なことです。好きな人と離れないでよかった、って一緒に異動できたことを本当に感謝してます」

　由良の言葉に一色は何ともいえない優しい顔をした。微笑みを浮かべて由良を抱き締める。

「ありがとう……ご家族に会いに行く日を決めよう。そして、一ヵ月の準備期間に、荷物をまとめたりするのも、君となら楽しみだ」

由良は幸せだと思う。ずっと憧れていた人と付き合い、そして結婚を申し込まれ、新しい場所で生活を始めようとしている。

「私も、楽しみです……でも、英語が……心配です」

本気で不安になっていることを口にすると、彼は可笑しそうに笑い、由良の頭を撫でた。

「大丈夫ですよ。英語がきちんと喋れて書くこともできる男が、君の目の前にいるじゃないですか」

「え？」

「寝ても覚めても一緒にいるということは、それだけ英語の勉強ができるということ。何ならピロートークも英語でしましょうか、由良」

一色は何度も本社で仕事をしている。だから難なく英語は喋れるだろうけど……。

「ピロートークを英語で言われても、ピンとこないかも……」

由良がピロートークのあたりをやや口ごもりながら返事をすると、彼は大丈夫、と言った。

「ニュアンスでわかりますよ。それに、父と母がもともとアメリカで日本人を支援するような仕事をしていたので、僕は七歳までアメリカで育ったんです。だからきちんと教えられます」

一色はこの頃よく自分の昔のことを話してくれる。それは由良だからだとわかるが、とても嬉しい変化だ。きっと付き合いたての頃は、こんな風に話してくれなかったと思う。

「そうなんですね。海外で生活していたのなら安心できます」

「うん、なんでも教えますよ。寝ても覚めても、キスをしていても、セックスをしていても、ね」

クスッと笑った彼が耳元でセックス、と言ったので由良は顔を赤くした。そして唇を噛む。

「そ、そんな、エッチな方向に、もっていくことは、ないと思いますが」

「その方が覚えが早いですよ、由良」

彼は由良の首筋に指先でつっと触れ、頬にキスをする。

次に胸に触れ、下から上へと一度ゆっくりと揉み上げた。

「あ……」

「こうやっている間も英語で話すと、自然と身に着くかも？」

「それは、青さんがそう思うだけ、かもしれません」

「だったら試す？　これから、どうですか？　Please make love」

そんなことを色っぽい顔で言うから、ついうなずいてしまいそうになる。でも由良は、お腹が空いていて、一緒にご飯を作りたいと思っていた。

「その前に、一緒にご飯を作りませんか？　私、ペコペコです」

由良がそう言うと、一色は苦笑して由良から手を離す。

「そうですね……じゃあ、ご飯を作りながらの英語はどう？」

「それならいいですよ」

彼は由良の手を取ってソファーから立たせ、どこか楽しそうな顔をした。

「じゃあ、日本語も交えながら」

「はい、よろしくお願い致します」

それから二人でキッチンに移動し夕食の準備を始める。食材や食器を英語で質問され、答えられるものと全くわからないものもあり。

「答えられなかったら、一つにつき、一回のキスでどうかな?」

「それは、ご飯を作るのがはかどらないので、ダメですよ、青さん」

「そうか」

「そうです」

どうでもいいやり取りをして二人で笑い合う。

小さいことではあるが、この幸せを積み重ねて、ずっと一緒に歩いていきたい。

心からそう思いながら今日の夕食を作る、一色と由良だった。

15

——アメリカへの転勤が決まった。

しかも、大好きな上司であり、今は婚約者でもある一色と行けるのは、これ以上ないくらいの幸運。

こんなに幸せで、由良は恵まれすぎではないだろうか。

運を使い果たしていないだろうかと、彼との恋愛が始まってから何もかもが上手くいきすぎて怖い時もある。

けれど、この幸せは現実であり、自分に起きていること。

まるでドラマみたいで、ふわふわした心地にもなるけれど、きちんと地に足をつけていきたいと思う。

展示会が終わったばかりなので、まだ社内は慌ただしい。異動までの期間は一ヵ月弱。それまでに荷物をまとめて、アメリカへ行かなければならない。

夢のようなことだが、それに伴うわずらわしい現実は、なかなかのもので。

またあの荷物を段ボール箱に詰めるのか、と内心ため息を吐き、目を閉じる。幸せなんだからこれくらいは我慢しなければならない。

ふと時計を見ると、そろそろお昼の時間だった。今日の仕事はある程度終わったけれど、午後からは報告書を仕上げなければならない。

「由良、そろそろランチしよ？」

タイムリーに声をかけてくれた未來に、由良は笑顔でうなずく。

「うん、私もランチしようかと思ってた」

「何にしようかな……今日はなんか、肉食べたい気分！」

いつも由良と未來は社員食堂を利用している。週替わりのランチはリーズナブルで、メニューは二種類あり、お財布にも優しい。

もちろん、そのほかにも単品メニューや定食などがあり、外に出てランチをするよりも安いので好評だ。

「由良は今日何にする？」

未來は早速、とばかりに小さなバッグに財布とスマホ、タブレットを入れた。

「今日は、お弁当なの。昨日の夕飯の残りを詰めたんだ」

由良はランチボックスの入ったバッグを取り出した。未來は緩く笑って、由良の肩に手を置く。

「そうだね、由良はもう……所帯持ちだったわ……いいなぁ、私もそういうお弁当作ったんだ、って言いたい！」

所帯持ちという聞き慣れない言葉に、由良は少しドキッとした。

二人の会話を聞いている社員が、あたりにいないかと見回したが、すでにお昼に出ているようで人は少なかった。

由良はとりあえず、と彼女の手を引っ張る。

「未來、ご飯食べに行こう？」

「うん」

未來の手を引いて行きついた社員食堂は、意外と混んでなかった。もしかしたら外に出てランチをしている人が多いのかもしれない。

隅の席が空いていたので、その席を取った。

未來は言葉通り、ハンバーグがメインのランチが載ったトレーを手に、由良の前に座る。早速とばかりに、いただきます、とハンバーグに手をつける。

「高崎君は、今日は朝からどこに行ってるの？」

今日は優馬を見なかった。ホワイトボードに午前中立ち寄りと書いてあった。

「ああ、展示会のあと、問い合わせが多くてね……でもただの問い合わせだけで終わらせたくないから、って販路を拡大するために動いてるの。まゆごもりも問い合わせ多かったけど、大型家具で、結構スペース取るじゃない？　だから、確実に商品を置ける店をピックアップして営業に行ったりしてるのよ」

展示会は終わったばかりだ。けれど、直後から本格的な販売に向けて動き出しているようだった。

「そっか……もう動いてるんだね。さすがだな……」

「優馬は行動力あるからね。コーディネートもうまいから、そっち方向を目指すタイプかな」

パクパクとご飯を食べながらそう言う未來だって、自分の好きなものを扱いたいという思いはブレない。それぞれ自分を持っていて、由良は羨ましく感じながらも、自分も気を引き締めようと思う。

「ところで、由良、婚約指輪とか、もらった？」

急に話を切り替えるので、由良はびっくりしてちょっと噎せてしまった。

「なんでそんな急に？」

「だって、部長だからさ……由良のためにすごい指輪用意してくれているかも！　でもどうかな……由良の場合清楚な感じが似合うもんね。華奢だし、今のネックレスもすごく似合ってる。もしかしてそれって、一色部長から？」

由良は胸元のネックレスに触れ、少し顔を赤くしながらうなずいた。

未來は鋭いな、と思いながら。

「うん……付き合ってすぐのころ、プレゼントされた」

「色白だから余計に似合う。センスいいね」

婚約指輪と聞いて、それよりも結婚指輪の方が先かもしれないと思った。入籍が先だし、もしかしたら一緒に買いに行く機会があるかもしれない。

これから日本を離れて生活するけれど、彼と一緒にいることが幸せだ。由良の左手の薬指に着ける指輪を想像するだけで、ソワソワ落ち着かない気持ちになる。

「私は、一色さんと一緒にいられるだけでも、十分幸せ」

「……そっか……なんかのろけられた気がする……指輪は一緒に買いに行くっていうのもいいよね？」

「あ……そうね、どうかな……彼だったら、私の好みもわかってるような気がするし……」

彼だったら、なんて言ってしまい、由良は再度顔を赤くした。

「またのろけられたか……でも、確かに彼が選んだものを渡されてもいいかなぁ……けど、希望は言いたいな！　こういうのがいい、って！」

その言葉が未來らしくて、由良はクスッと笑ってしまう。

由良は一色から渡されるものだったらなんでも嬉しいだろう。彼が由良のために選んでくれたと思ったら、あまりにも嬉しくてずっとニヤニヤしてしまいそう。

「由良、指輪もらった時のこと想像してる？」

図星を刺されたが首を振る。しかし、未來は意地悪な顔をして笑って、全くもう、と言って由良の頭をくしゃくしゃにした。

「ちょっと！　未來!!」

由良が彼女を見ると、先ほどとは違って頬杖をついて優しい顔をしていた。

「よかったね、由良」

それは今までの由良のことを振り返って、出てきた言葉なのだろう。未來とは同期で仕事でもプライベートでも励まし合ってきた。一色と付き合っていることを打ち明けた時も親身になって応援してくれた、大切な親友だ。

「うん」

二人で微笑み合いながら食事を取る。

もうすぐこんなことをする時間もなくなってしまうのかと思うと寂しいけれど、もしかしたら彼女は言葉通り、本当にアメリカまで追いかけてきてくれて一緒に仕事をするかもしれない。

その時を楽しみにしながら、由良は未來との時間を大切にしようと思った。

☆

その日の仕事を終えた由良は、スーパーに寄って銀鱈《ぎんだら》のみりん干しを買って一色と暮らす家に帰った。最近は由良が朝ご飯、彼が夕ご飯を作るというサイクルができつつある。

明日の朝はこのみりん干しと、豆腐と油揚げの味噌汁を作ると決めていた。朝食は軽めがいいらしいので、あとはレンジでできるキャベツとツナの温野菜サラダを作ろうと思っている。

玄関を開けると、良い匂いが漂っていた。

彼に料理の腕は負けるが、それはそれでいいと思っている。一色が料理好きというのもあるが、彼のご飯を食べたい由良がいるからだ。

「お帰り、今日は遅かったね」

「ちょっと、同期の三人でこれからのことを話してました。優馬も未來も、アメリカに絶対行く、後を追いかける、って言ってくれて……私、同期にも恵まれて、本当に幸せだなって」

由良は上着を脱いでからテーブルを拭いて、箸を用意する。

「ああ、由良、今日はナイフとフォークもあった方がいいな。ミラノ風カツレツだからね」

なんだろうと思ってキッチンを覗くと、薄いが大きいカツができていた。パン粉でこんがりきつね色になったその表面には、綺麗に格子模様がついている。

「すっごく美味しそう……」

由良の感想に彼は少し声に出して笑って、その上からまだトマトの形が残るトマトソースをかけた。これはご飯がいけるやつだ、と由良はもう食べたくなってしまう。

付け合わせに手でカットしたレタスを添え、器に白いスープを注いだ。

「スープは何ですか？」

「ああ、簡単で悪いけど、玉ねぎのスープ。意外と美味しいよ」

そう言ってスープにほんの少しオリーブオイルをポタッと落とす。

「オイルを落としただけで美味しさが違うんだ。運んでくれる？」

「はい」

並べた料理はとても美味しそう。いつも手の込んだものだと思うが、彼はそうでもないと言い、チャチャッと作ってしまうからすごい。

「いつも本当に感心します……スープもカツレツも美味しい……」

「カツレツは肉を伸ばして揚げ焼きにしただけだし、スープは玉ねぎをコンソメと牛乳で煮込んでジューサーにかけただけだよ？」

それはそうかもしれないけれど、一色が作るものはどれも間違いなく美味しい。

仕事で疲れていたし、未來や優馬とたくさん話し、遅くなった分お腹が空いていたので、いっそう美味しく感じた。

「高崎や来栖さんと将来について話していたんだね」

ご飯を食べ終わったところで尋ねられた。

「未來はこれから北欧系の家具やファブリックに力を入れていきたいみたいです。現地での買い付けも視野に入れてるみたいで……高崎君はどちらかというと、販路の開拓の方をやりたいみたいです。コミュニケーション能力も高いから、高崎君らしいな、って思いました」

由良の前に冷たいお茶を出してくれた彼は、そうか、と言ってうなずいた。

「それぞれ、やりたいことが見つかったということは、いいことだ。本社にも推薦しやすい」

彼の推薦という言葉に由良は嬉しくなる。

きっと能力の高い彼らのことだから、先輩たちを差し置いて本社で活躍する日もそう遠くないのかもしれない。

「引っ越しの準備もしなければいけませんね。この家は管理会社に任せることにしたんです。大型の家具はみんな布をかけていかないといけない。今度、不織布シートをメートル単位で購入しないとね……普通の布よりも埃を通さないそうだから」

この家には一色の両親との思い出が詰まった家具がいくつもある。そのすべては持っていけず、置いていくのだと思うと少し寂しく感じる。

「そうですか……でも、いずれ戻ってくるのだから、綺麗にしておきたいですね」

「そうだね」

二人ともしばらく沈黙する。

この家に初めて上がったのは、由良が酔っぱらって、初めて一色とセックスをした時だった。とても広い家だと思った。一人で暮らすには広すぎるくらいだった。

「次にここに帰った来た時は、二人じゃないかもしれませんよね？」

思い切って言うと、彼が瞬きをして顔を上げた。

それからふわりと笑ってうなずいた。

「可能性はあるね……ああ、そうだ、君に渡したいものがあったんだ」

そう言って彼は席を立って、寝室の方へ行く。

渡したいもの、と聞いて、由良は未來から言われた婚約指輪を思い出した。だが、期待しすぎだと自分を叱咤して、戻ってきた彼を見上げる。

「渡したいものって言ったら、何か想像がついてるかもしれないけど……」

一色は手にしていた小さな箱を由良の前に置いた。

彼がその箱を開け、由良に中を見せる。

「本当は、カラーストーンじゃないものを考えていたけれど、ネックレスと同じ石にした。このピンクの色合いが、君の白い肌に似合うと思ってね。石のサイズも大きなものよりも、これくらいのものがいいかと思った」

箱の中身は、指輪だった。

ダイヤモンドで囲まれた中央の石はオーバル型でピンク色だった。由良のネックレスと同じ石と聞き、まるでセットのようで嬉しかった。

「これを、私に？」

「そう……婚約指輪。結婚指輪は、今度一緒に買いに行こう。この指輪と似合うものをね。これよりももっと大きくて全部ダイヤでも良かったかもしれないけど……」

由良は一色がすべてを言いきる前に、いえ！　と言った。

「嬉しいです！　私、ネックレスも気に入ってるし、この石の色合いも良く似合っているって、いつも褒められていて……、私のために選んでくれた、一番似合う指輪だと思います……どうしよう、本当に嬉しい!!」

一色が由良のことをきちんと考えていてくれたことが本当に嬉しく、幸せで胸が熱くなる。

しばらく指輪を眺めていると、彼はその指輪を手に取り、由良の左手の薬指にそっと着けてくれた。

自分の指に見慣れない、キラキラした指輪がはめられている。由良の肌とよく合っていてサイズもぴったりだった。

「よく似合ってる」

彼が由良の手を取ったままそう言った。由良も我ながら似合っていると思う。

「かっこいい言葉も、これという心を打つ言葉も思いつかない……でも、もう一度言いたい。市木由良さん、僕と、結婚してください」

ストレートに言われた言葉ほど胸に来るものはなかった。

由良は一も二もなくうなずき、顔をほころばせた。

「はい……一色青さんの妻になります」

しっかりと答えると、彼は何ともいえない、嬉しそうな顔をした。
そして、二人でしっかりと手を取り合い、確かな繋がりを確信する。

後日、一色が約束した通り、結婚指輪を二人で買いに行った。
普通の値段の普通のデザイン、と話し合ってかなりシンプルなものになった。
それがかえって年齢や服を選ぶこともなく、一色と由良らしいと思えた。
指輪の内側の刻印は、互いが思っていることを彫ってもらった。
Stay with me now and forever.
これからもずっと、お互いがそばにいて、一緒に歩いて行けるように。

あとがき

こんにちは、井上美珠《いのうえみじゅ》と申します。

『君にそばにいて欲しい2』をお手に取っていただき、ありがとうございます。

二〇一六年に由良と青のお話を出版していただき、四年の月日が経っての続刊となりました。それというのも、無味子《むみこ》先生によってこの物語をコミカライズしていただき、光栄なことに小説の方も読んでいただくことが多くなり……前作はおかげさまで重版もしていただきました。ぜひ二人の続きを、とお話をいただいた時は、うまく書けるかどうか迷いがありました。でも私なりに頑張って書かせていただきました。

『君にそばにいて欲しい2』では由良がさらに頑張っていますが、何より、青の過去なども少し明らかになり、彼もまた由良との恋愛を通して、人として成長をしていきます。

若い頃に辛い不幸を経験したことで、人に対してどこか距離を置いていた彼が、一番近い存在ができたことにより生まれ変わる、新しい一歩を踏み出すという感じでしょうか?

コミカライズの由良と青は、無味子先生が魅力溢れるキャラとして、二人の心の揺れ動きを表現してくださいました。

表紙とイラストは前回に引き続き、駒城《こましろ》ミチヲ先生に描いていただきました。相変わらず素晴らしい二人に仕上げてくださって、久しぶりに小説版の青と由良を見て、いいなぁ、と思いました。

表紙イラストは、前回はオレンジピンクでしたが、今回はピンク色と青っぽい色合いが綺麗で、幸せな雰囲気を醸し出しています。由良が青に何かを囁いているような感じです。

最後に、執筆するにあたって、原稿をお待たせしてしまい、編集様、出版社の方々には大変お世話になりました。これからもよろしくお願い致します。

また、この本を手に取ってくださった読者様、ここまで読んでいただきありがとうございます。また新作を発表できるよう、頑張ります。

精一杯、誰かの癒しになるような作品を書いていきたいと思います。

それではまた、新しいお話でお会いできることを願って。

井上美珠

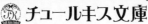

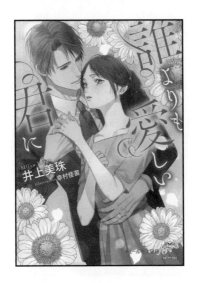

チュールキス文庫をお買い上げいただきありがとうございます。
先生方へのファンレター、ご感想は
チュールキス文庫編集部へお送りください。

〒102-0073　東京都千代田区九段北1-5-9-3F
株式会社Jパブリッシング　チュールキス文庫編集部
「井上美珠先生」係 ／ 「駒城ミチヲ先生」係

Tull kiss label

君にそばにいて欲しい2

2020年11月30日　初版発行

著　者　井上美珠

発行人　神永泰宏

発行所　株式会社Jパブリッシング
〒102-0073　東京都千代田区九段北1-5-9-3F
TEL　03-4332-5141
FAX　03-4332-5318

印刷所　中央精版印刷株式会社

ISBN978-4-86669-334-7　Printed in JAPAN